Fan
ファン文庫

緑の箱庭レストラン

初恋の実りと涙のウェディングケーキ

著　編乃肌

マイナビ出版

CONTENTS

緑の箱庭レストラン

Green
house
restaurant

初恋の実りと
涙のウェディングケーキ

Amino Hada
編乃肌

プロローグ

『将来の夢を書いて提出してください』

それは土間《どま》みどりが小学六年生の冬、担任の先生から出された宿題だった。

「なんて書こうかな……」

ランドセルを背負って慣れた住宅街を下校しながら、みどりはポツリと呟く。

十二月の風は冷たく、雪こそまだ降ってはいないものの、ライムグリーンのマフラーは欠かせない。マフラーに顔を埋《うず》めて、悶々《もんもん》と考える。

(将来の夢って、別になりたい職業とかじゃなくてもいいんだよね)

B４サイズの作文用紙二枚に収まる内容なら、基本は自由。

宿題をもらったあと、クラスメイトたちは各々の夢を口にしていた。

「ケーキ屋さんになって、可愛《かわい》いケーキに囲まれたい！」やら、「俺は大金持ちを目指して世界一周するぜ」やら、「平均的な年収で静かに暮らしたい」やら、いかにも小学生らしい回答から、妙に悟《さと》った大人の回答まで。

みどりの隣の席の女の子は、「好きな人のお嫁さんとか素敵だよね」と、片想い中の男子を見ながらはしゃいでいた。

それが一際《ひときわ》、みどりの中では印象に残っている。

(お嫁さん……私もなれるなら……)

そこまで考えたところで、住宅街を外れたところまで来ていた。

立ち止まったのは、緑いっぱいの森……ではなく、森と見間違うような庭が、鉄柵の向こうに広がる家の前。

とはいっても草木の大半が眠る冬なので、春に比べて景色は寒々しい。広い敷地に佇《たたず》む植物たちは、今は緑色より茶色だった。

(『オリーブ』の木は、なんとなくまだ元気そうだけどな。『たいかんせい』っていうのがあるんだっけ)

みどりはこの約一年で、覚えた植物知識を引っ張り出す。

門のそばに植えられている、大きなオリーブの木は『耐寒性』があって、比較的に冬越しはしやすいほうだ。

(すっかり植物にも詳しくなっちゃったなあ)

——そろそろ一年前になる、とある春の日。

みどりはこの通称『緑の家』の前で、空腹で行き倒れかけた。

母が亡くなってから、家事を担当するようになった父の料理がマズすぎて、食欲不振の末に力尽きたのである。

危機一髪なところを助けてくれたのが……。

「あ、やっぱりみどりだ。下校のタイミング同じだったね」

「——実咲《みさき》くん！」

みどりが来た道から現れたのは、王子様のように眉目秀麗な男の子だ。

深緑のブレザー制服は、このあたりの高校で一番倍率の高い進学校のもので、首元にはブルーのマフラーをしている。

意外な遭遇に、みどりは嬉しくなって駆け寄った。吐く白い息で眼鏡が曇るも、気にせず嬉々として話しかける。

「本当にタイミングばっちりだね！　今日は実咲くん、放課後に生徒会のお仕事とか、部活の助っ人とかなかったの？」

「どっちもそう毎回じゃないよ。あれこれ頼まれなかったら、すぐ帰れるから」

「さすが、頼りにされているね」

イケメンな上に、勉強も運動もそつなくこなしてしまう彼の名は、六条《ろくじょう》実咲。

この『緑の家』は実咲の祖父の住まいで、祖父は元有名シェフであり、実咲も教わって料理がうまい。

「うちにおいで。俺が美味《おい》しいもの作ってあげる」

……そう手を差し伸べて、空腹のみどりを救ってくれたのは彼だった。それ以来みどりは、ちょくちょくここにお邪魔している。

初恋の相手に、まめまめしく会いに来ていると言ってもいい。

(将来の夢は『実咲くんのお嫁さん』……なんて、また妄想しすぎかな)

みどりは自分がちょっと夢見がちな自覚があるので、赤い顔でブンブン首を横に振る。

みどりの突然の奇行に、実咲は「どうかした？　みどり」ときょとんとする。

「なんでもないよ！　宿題のことを考えていただけ！」

「どんな宿題だったの？」

「しょ、将来の夢を書くっていう……」

「俺も昔、そういう宿題あったなあ。適当に『長生きする』とか書いた気もするけど、みどりはなんて書くの？」

「え、えっと」

それは適当すぎるよね!?　とツッコみたかったが、それどころではない。

嘘があまり得意ではないみどりは、どう答えたものか頭を抱える。

さすがにお嫁さん云々《うんぬん》など、実咲本人に伝えられるはずもないので、「ナイショ！」とだけ返した。

実咲は露骨に残念そうな顔をする。

「みどりが俺に内緒ごととか、ショックだな」

「へっ⁉」

「みどりも大人になったんだね……」

「あ、いや、これはその！」

「なんて、冗談だよ。冷えてきたし中に入ろうか。温かいものでも食べたくなってきたんじゃない？」

どうやらみどりはからかわれたらしい。

言われて、ぐうううとお腹が鳴る。

実咲はみどりの素直な空腹サインが好ましいようで、笑いながら両開きの門を開いた。

庭を抜けた奥にある、三角屋根のメルヘンチックな家屋に向かって歩み出す。

「昨晩から仕込んでおいた、冬野菜のカブを使ったビーフシチューがあってさ。そのまま食べてもいいけど、パングラタンとかオムライスにアレンジしてもいいかなって」

「実咲くんの作ったものなら、私はなんでも食べるよ！　なんでも美味しいもん！」

みどりも実咲のあとを追って、隣に並んでそう力説すれば、実咲は「やっぱりみどりは食べさせ甲斐《がい》があるね」と微笑《ほほえ》んだ。

オリーブの木は、そんなふたりを優しく見守っている。

(お嫁さんはまだまだ難しいかもしれないけど……実咲くんと、こうしてずっと一緒にいられたらいいな)

みどりは寒空の下で密かに、だが切実に祈った。

『緑の家』を守る植物たちにもお願いしておいた。

しかし……その願いは叶わず、ふたりは実咲の祖父の死をきっかけに、次の春には離れ離れになってしまう。

それから数年後。

大人になって、みどりは意外な形で実咲と再会する。

「まさか、実咲くん……?」

「……やっぱり、みどり?」

再会は、別れと同じ春だった。

そこからまた、みどりの眠っていた初恋は芽吹くことになる。

――これは、小さな箱庭で繰り広げられる、料理と植物と恋のお話。

一皿　冬の日とクリームシチューのパイ包み

季節は一月下旬。

まだまだ冬は本番だ。

みどりの住む街ではうっすら雪が積もり、景色をふんわり白く染めている。

「今日の水やりはこんなところかな……？」

エプロン姿でジョウロを構えたみどりは、室内にひしめく観葉植物たちを眺めた。

二メートルはある大鉢の『パキラ』に、色鮮やかな赤い花をつける『ハナキリン』、連なる緑の粒がアクセサリーのような『グリーンネックレス』……などなど、壁際や棚に配置された植物は、大きさも種類も多種多様だ。

しかし……様相こそまるで植物園のようだが、ここは料理を食べる店。

――実咲が『緑の家』を改装してオープンさせた、『箱庭レストラン』である。

上を仰げば吹き抜けの天井に、クルクルとファンが回っている。

席はホールの真ん中に、四人掛けのテーブルセットがひとつと、右奥のキッチンが見えるカウンター前にふたり分だけ。

基本的に少人数制で、左奥にはアンティークな螺旋《らせん》階段がツルのように伸びてはいるものの、二階は実咲の居住スペースだ。

ここで現在大学二年生のみどりは、実咲に誘われてアルバイトをしている。

彼と七年ぶりの感動的な再会ののち、唯一のスタッフとして成り行きで働くことになったのだ。次の春でバイト生活も一年になるが、小学生からの積み重ねで立派な植物ヲタクになったみどりには、ここは適材適所な職場だった。

(冬は特に、水やりの頻度は気を付けなきゃね。あと乾燥にも注意!)

本日も植物知識はフル稼働。

基本、高温の地域生まれの観葉植物たちは寒さが苦手だ。

休眠期のため水はやりすぎず……だけど乾燥にも弱いため、葉っぱに適度な水を吹きかける『葉水』が大切になってくる。

(厳しい冬から、お店の植物は私が守る!)

そんな固い意志のもと、ジョウロは置いてエプロンに引っかけていた霧吹きで、シュッシュッと葉を濡らしていく。

乾燥対策の一環で、暖房の風が直に当たっている鉢もズルズルと移動させた。

「ふう……これでよし」

一仕事を終えて満足気な息をつく。

そんなみどりのもとに、カツンッと靴音を立てて実咲が現れた。

「みどり、植物たちのチェックは終わった？」

艶のある黒髪を揺らす彼は、黒いコックコートに、葉っぱとハリネズミの刺繍《ししゅう》が入ったソムリエエプロンを、スラリとした長身に纏《まと》っている。片手にはトレーを携えていた。

その立ち姿が美しくも完璧で、みどりはしばし見惚《みと》れる。

現在は二十代半ばで、大人になった実咲は、高校生の時からさらなる美男子に成長していた。

目鼻立ちの整った甘い顔立ちに、人好きのする笑顔。そこに愛嬌《あいきょう》とほんのり色気もあって、見る者を惹《ひ》きつけるのだ。

どんぐり目に眼鏡をかけた地味顔のみどりとは、並ぶと発する輝きが違う。

「みどり？　……聞いている？」

「あっ、う、うん！」

返事のないみどりを訝《いぶか》しがり、実咲はヒラヒラとみどりの眼前で片手を振っていた。

みどりは我に返るも、存外近い距離感にビャッと肩を跳ねさせる。

実咲は「猫みたいだな」とクスクス笑っていて、居たたまれない。

「みどりはすぐ思考に耽《ふけ》って、ぼんやりするから心配だよ。そこがみどりらしくて可愛いんだけど」

「可愛いって……」

（またそういうこと言う！）

再会後、共に働くうちに少しは進展があったとはいえ、実咲は小学生の頃からの延長で、みどりを子供扱いしている節がある……と、みどり自身は思っている。

よく言われる「可愛い」も、幼子相手な気がするのだ。

（まだまだ、初恋を実らせるには遠いなあ）

コッソリ項垂《うなだ》れるみどりと、刺繡のハリネズミの円《つぶ》らな目が合う。

この刺繡入りエプロンは、みどりが実咲の誕生日に贈ったものだ。

モデルになったハリネズミは今、カウンター席に置かれた水槽型のアクリルケージの中で、くぅくぅと背中の針を丸めて眠っている。

箱庭レストランのマスコットキャラでもある『はーちゃん』は、実咲の愛ハリネズミ。

実咲いわく「みどりに似ている」そうで、みどりは脱・子供扱いの前に、脱・ペット扱いが先かもしれないと常々悩んでいる。

「それで、植物の定期チェックは？　終わったならオープン前に一服どうかなって。今度デザートに出す予定の、試作品のデザートセットを持ってきたんだ」

マグカップと小皿の載ったトレーを掲げる実咲に、みどりはすぐに食いつく。

「チェックは完璧！　デザート食べたい！」

「期待を裏切らない反応、さすがみどり。試作品のデザートセットは、豆乳ベースのエッグノッグに、ハーブのクッキーだよ」

「エッグノッグ？」

白いマグカップに入っている飲み物の名前らしいが、聞き覚えのない響きだ。みどりは小首を傾げる。

「本来は牛乳をベースに、卵と砂糖、シナモンとかで作る甘い飲み物だよ。北米では冬の時期に飲まれていて、大人用にはアルコールを加えたりもするんだ。それの今回は豆乳アレンジ」

「豆乳なんだ……んっ！」

マグカップを受け取って、みどりは一口啜《すす》ってみる。

温かくもとろりとした飲み心地で、喉から全身がほっこり温まっていくようだ。濃厚な味わいだが、豆乳ベースゆえかしつこくなく、甘くて美味しい。

「これ、いいね。確かに冬にピッタリ！」

「口が甘くなりすぎたら、合間にこのクッキーをどうぞ」

はーちゃんのいるカウンター席まで移動して、木製の椅子に座ったみどりは、机に置かれた小皿からクッキーを一枚取る。

リーフ型のそれを、サクッと一口。

練り込んであるハーブはミント、バジル、ローズマリー……と、いろいろ混ぜてあるらしい。すべて庭の裏手にある菜園で、秋頃までに収穫して乾燥させたものだろう。

「香ばしくて爽やかな味……！　お口のリフレッシュになるし、次々と手が伸びちゃう！」

コクコクとエッグノッグを飲んで、サクサクとクッキーを平らげるみどり。そんなみどりを、実咲は幸せそうに見守っている。

実咲は昔から、みどりの食べている姿を大変好んでいた。

ニコニコと満面の笑みの実咲に横にいられたら、みどりは「実咲くん、ちょっと食べにくいよ……」などと言えない。惚れた弱みである。

「ああ、そろそろお客様のいらっしゃる時間だね」

休憩のティータイムも済み、空いたカップや小皿も下げ終わったところで、実咲が壁掛け時計を見て呟いた。

みどりも同じく時計を見上げる。

「今日のお客様は初回だっけ……おひとり様だったよね？」

「そうだよ、あの光弥《みつや》くんの紹介だ」

「光弥くんの！」

以前店に来てくれた、双子の弟がいる中学生の男の子だ。その子の紹介とはまた意外である。

この店は一風変わった営業方針で、『完全紹介制&予約制』。

ついでに『料理は基本おまかせ』。

そうやってあえて制限を設けることで、実咲がお客様ひとりひとりに、もっとも適切なおもてなしをしやすいようになっている。

なお、初回来店時には、もうひとつおかしな〝ルール〟もあるのだが……。

カランカラン。

来客を告げるドアベルが、そこで軽やかに鳴った。

「――いらっしゃいませ、『箱庭レストラン』へようこそ」

即座に接客モードに切り替えた実咲が出迎える。みどりも入り口まで行って「いらっしゃいませ！」と腰を折った。

「どうも、本当に植物園みたいな店だね」

現れたのは、目に痛いほどド派手な出で立ちの女の子だった。

歳はみどりとそう変わらなさそうだから、大学生だろうか。

ツインテールにした髪は鮮やかなオレンジで、インナーカラーにターコイズブルーを入れている。濃いめのメイクに、軟骨までたくさん開いたピアス。格好も個性的で、絵の具をたくさんぶちまけたようなデザインのショートワンピースに、厚底のロングブーツを合わせている。

全体的に、ヴィヴィッドカラーでカラフル。

日陰族を生きてきたみどりには、絶対にできないスタイルだ。

（『ストレリチア』みたいで、ちょっと憧れるけど……）

別名『極楽鳥花』と呼ばれる植物で、嘴《くちばし》の形をしたオレンジの萼《がく》や青の花が、まさに彼女の髪色のようだ。

観葉植物として愛でるもよし、切り花にして飾るもよしな人気植物である。

「念のためお名前を確認致しますが、戸成鈴《となりすず》様でお間違いありませんね？」

「うん、そうそう」

「ご紹介元は遠坂《とおさか》光弥様で？」

「みっくんで合っているよ。遠坂さん家《ち》とはご近所でさ、あそこの双子とはそれなりに話すの。で、このレストランのこと教えてもらった」

鈴は実咲の質問に答えながらも、あたりをキョロキョロ見回している。

なにか気になることがあるのかと、みどりが不思議に思っていると、鈴は「ねぇ、この店って写真撮影OK?」とスマホをバッグから取り出した。スマホカバーはこれまたド派手な真ピンクだ。

「店内とか料理の写真、撮りたいんだけど」

「そうですね……SNSやブログ等にアップせず、個人で留めて頂けるなら問題ありません」

実咲の回答に、みどりはウンウンと頷く。

(下手にネットから火が付いても、実咲くん的に困るもんね)

人気になってお客が集まりすぎると、今の運営形態にもきっと支障をきたす。この穏やかな箱庭の雰囲気も壊れ兼ねないので、実はこの手の行為は基本NGだった。

(結局のところ、守ってくれるかはお客様次第だけどね)

現段階でトラブルは起きていないと、実咲は前に話していた。

鈴はツインテールを揺らして首肯する。

「大丈夫、自分用の記念だから。見せるとしても、従姉妹《いとこ》のお姉ちゃんにくらいかな」

「それでしたらご自由にどうぞ」

ニッコリ微笑んだ実咲は、みどりに「あの質問と説明は任せたよ」と耳打ちする。

役目を回されたみどりは、スマホを弄《いじ》る鈴に対し、〝箱庭レストランの特殊ルール〟を発動させた。

「あとお手数ですが、お席にご案内する前におひとつだけ……戸成様の、好きな植物を教えてくださいませんか？」

これは初回来店のお客様に限り、する質問だ。

『紹介制』という特性上、実咲が新顔のお客様をちゃんと記憶するために、好きな植物を聞いてその情報と紐付けするのである。

もちろん、聞かれた相手は大抵ハテナマークを浮かべるのだが、鈴は「あっ、本当にそれ質問されるんだ」と面白そうに言う。

「いいじゃん。私はこういう、こだわりのある変わったお店のほうが気に入っちゃうな」

「もしかして、光弥くんから事前に聞いていました……？」

「バッチリ。私はね、『コーヒーの木』が好き」

「コーヒーの木！」

植物ヲタクの血が騒ぎ、みどりの目がキランと光る。

名のとおり、この木に生《な》る果実から、種子を取って乾燥させ、焙煎したものがいわゆるコーヒー豆だ。鉢物の観葉植物としても楽しめ、葉も樹形も美しいためインテリアの定番である。

「従姉妹のお姉ちゃんの家にあって、なんか見ていると癒されてさ」

「わかります……！　コーヒーの木に咲く白い花が、コーヒーとかけ離れた甘い香りがするのも興味深いですし！　サクランボみたいな赤い実を、コーヒーチェリーって呼ぶのも可愛いですよね！」

「店員さん、詳しいね。お姉ちゃんの淹《い》れてくれるコーヒーも好きだから、もし聞かれたらこれを答えようって準備していたの」

言葉や態度の節々から、鈴はその従姉妹のことが大好きなのだとわかる。

（でも、なんだろう……少し……）

彼女について話す鈴は、どこか憂《うれ》いを潜ませていた。

濃くマスカラの塗られた睫毛《まつげ》が一瞬、寂しそうに伏せられたところを、みどりは目敏《めざと》く見つけてしまう。

しかしながら、不用意にこちらから追及するわけにもいかない。

（もしここに来た目的が、お食事以外にもあるなら……お客様から話してくれるかもしれないけど）

鈴はこのレストランを「変わった」と表現したが、実はもうひとつ変わった特色があったりする。光弥が律儀にそのことも鈴に教えていたなら、鈴の目的はそちらの可能性もあった。

「それじゃあ、みどり。お客様の案内よろしくね」

「うん」

ひとまず、お客様を立たせたままも失礼なので、みどりは席まで鈴をお連れする。

実咲は厨房に向かい、ついでにはーちゃんはとっくに二階の部屋に戻され済みだ。ハリネズミは夜行性のため、今のようなお昼時は暗い部屋でまだまだ夢の中だろう。

「あれ？　席ってここだけじゃないの？」

「実は特別席があるんですよ」

螺旋階段の方向に進むみどりに、おとなしくついてきながらも鈴は訝しげな顔をする。

階段横の壁にはドアがあった。

開け放たれた先に通じているのは、天井も壁もガラス張りの温室だ。

「わぁ……素敵」

素直に感嘆する鈴の様子に、みどりは内心「そうでしょうとも！」と嬉しくなる。自分も初めて足を踏み入れた時は、まったく同じ反応をしたものだ。

この空間はガーデンルームの一種で、名称は『コンサバトリー』。英国が発祥で、箱庭レストランにあるここは、ヴィクトリアンスタイルというもっとも伝統的な様式だ。

建物の側面に取り付けられており、外側から見ると鳥籠の形をしている。多角形の屋根は格式高く、外の景色をガラス越しに眺められるのが粋である。

空調もバッチリなので、冬でも温まりながら庭を堪能できる。

「ここも植物だらけなんだ」

アイアン調の猫足チェアに座り、一席だけ中央に設けた白いラウンドテーブルについた鈴が、感心したように零《こぼ》す。

雪でデコレーションされた庭を眺める以外にも、中には店内に続いて観葉植物がいっぱいだ。みどりの徹底的な管理のもと、厳しい季節にも負けず佇んでいる。

「実咲く……ええっと、先ほどの店長のご祖父が、もともと園芸にハマっていたそうです。その名残をレストランにしたとかで……」

「いいね、そういうの。私もいつか、自分の〝好き〟を集めた場所で、自分だけのお店とか持ちたいな」

「お店ですか……？」

オシャレに全力そうな鈴の見た目から、みどりはアパレルショップや美容室を想定する。おそらくそちら系だろう、と。

だが答え合わせをする前に、みどりにはカトラリーやお冷やを運ぶ仕事もあった。そうこうしている間にも、前菜のサラダが完成する。

「お待たせしました、『彩り温野菜の盛り合わせ』です。特製のチーズソースをつけてお召し上がりください！」

実咲から受け取った丸い皿を、みどりは恭しく鈴の前に置く。

特殊な皿はドーナツ状で、真ん中の空洞にはココットを嵌《は》める仕様になっていた。とろとろのチーズが注がれたココットを取り囲むように、ニンジンやカブ、サツマイモやカボチャ、レンコンなどが彩りよく並んでいる。野菜たちは一口サイズに切られ、ホカホカと蒸されていた。

「えっと、寒い冬には温野菜がオススメです。体が内側から温まりますよ！　チーズと合わせて、野菜の旨味《うまみ》を味わってください！」

料理の解説も、みどりはバイトを始めた頃よりは手慣れてきた。

鈴は「美味しそうじゃん、写真も撮らせてもらうね」とスマホを構えて、パシャッとサラダの写真を一枚。

それからまず、柔らかなカボチャを選んでフォークを刺す。チーズの海にとろりと浸すと、口の中に放り込んだ。

「すごっ……自然の甘さっていうの？　チーズでさらに引き立つ感じ」

お気に召したようで、次から次へと野菜を消化していく鈴。次の『タマネギの生姜《しょうが》スープ』も、スッと飲みやすくも温野菜と同じくポカポカメニューで、ほう……と熱い息を吐いていた。

もちろん、写真を撮ることも忘れていない。

みどりはスープの皿を下げる際、「写りはどう？」とチェックさせられたが、とてもよく撮れていた。

（従姉妹のお姉さんに見せるって言っていたし、今度は一緒に来るつもりなのかな？）

そんなことを思いながら、満を持してメインを鈴にお出しする。

本日のメイン料理は、『ホウレン草入りクリームシチューのパイ包み』。

赤い器に被《かぶ》さっているのは、こんがり焼き上げたパイ生地だ。ドーム状に膨らんでいるそれを砕けば、中身の温かいシチューが現れる。

みどりはこの『パイ包み』が遊び心もあって好きだった。なんとなく、貯金箱を割る気分というか、ガチャガチャのカプセルを開ける気分というか、隠された宝物を露《あら》わにするワクワク感があるのだ。

だけど鈴は、写真を撮り終えたあとは器を睨《にら》むだけで、いっこうにパイ包みに手をつけようとしない。

「あの、戸成様……？　どうかされましたか？」

みどりはいったんコンサバトリーから離れたものの、チラッと様子を見に来れば変わらぬ鈴の様子に、さすがに気になって声をかけた。

親の敵《かたき》かとでもいうように、パイ包みを眼光鋭く見据えているのだ。

このままでは中身だって冷めてしまう。

「こういうのって……食べ方、難しいじゃん」

「食べ方ですか？」

「パイを割るのに失敗したら、ボロボロと生地が零れるしさ。最初にどの程度崩していいかもわかんない」

「それはおっしゃるとおり、かも……」

みどりは身に覚えがあるなと納得する。ミルフィーユやクロワッサンなどもそういう面があり、食べ始めには躊躇《ちゅうちょ》するものだ。

「店員さん、ちゃんとした食べ方を教えてくれない？」

「へっ⁉　え、ええっと」

尋ねられたみどりも、ぶっちゃけ正しい食べ方など知らない。だが正直にわかりませんとも言えず、あたふたしているところに、鈴が「それにこのパイ包み、なんかお姉ちゃんに見えるんだよね」となにやらおかしなことを呟いた。

「お姉さんに、ですか？」

「うん……ってごめん、意味不明だよね」

「い、いいえ！」

ただ何気ない呟きとして流すには、鈴の様子は深刻な気がした。

踏み込んで聞いてみようか、その前に食べ方について無知を白状するのが先か、みどりが頭を悩ませていると……。

「なにかあった？」

「あ、実咲くん！」

異変を察してか、厨房から実咲もやってきてくれた。

手つかずのパイ包みを目視し、なんとなく状況も把握したようだ。彼ならきっと食べ方も解説できるはずだと、みどりは救世主を前に拝みたくなる。

けれども……やはり鈴は憂いのようなものを帯びていて、オレンジのツインテールを指先で弄りながら、重苦しい溜め息をついていた。このままでは食べ方がわかっても、鈴は心からシチューを味わえないのではないかと、みどりは危惧《きぐ》する。

(そんなのもったいなさすぎる!)

実咲の料理は心置きなく堪能してほしい。

そう思って、みどりは意を決して口を開いた。

「よかったらなにかお悩みのようですし、お気軽に話してみませんか? 当レストランはなんと申しますか、そういう面がありまして……」

実咲が「お悩み相談所的なところね」と補足してくれる。

それこそが、もうひとつの〝変わった〟特色だ。

これに限っては実咲が始めたことではないのだが、植物に囲まれて食べる美味しい食事が、ゆるゆると心をほぐすようで、一部のお客の間では『緑の相談所』などとも呼ばれている。

(あとは実咲くんの、なんでも受け入れてくれそうな自然体なところが要因だよね)

みどりもそれに昔から助けられてきたものだ。

ピタリと、鈴はツインテールを弄っていた指を止めた。まじまじと、みどりと実咲を見上げてくる。

「みっくんが言っていた、お悩み相談云々もマジだったんだね」

やはり、そちらも光弥から教えられていたようだ。

「実はね、そのことを聞いてレストランを予約したの。お姉ちゃんのことで……話す相手がいない悩み、誰かに聞いてほしかったから」

「そうだったんですね」

「ここの雰囲気、確かになんか話しやすいし。聞いてくれる？」

「わ、私たちでよろしければ！」

みどりは張り切って前のめりになる。箱庭レストランの店員として、お役に立てそうなら立ちたかった。実咲も「お気軽にどうぞ」と静かに微笑んでいる。

「じゃあ、どこから話そうかな」

鈴は椅子に体重をかけ、ガラスの天井を仰いだ。

鈍色《にびいろ》の空からは止《や》んでいた雪が、またハラハラと降り出している。

「まず私、今は服飾系の専門学校に通っているんだけどね？　高校まではこんな感じじゃなくて……見せたほうが早いか」

スッスッと素早く、鈴はスマホを操作する。

みどりたちに突き付けられた画面には、今度は料理ではなく、見知らぬ女子高生の写真が写っていた。

春の校門前で撮ったようだが、彼女はTHE・優等生といった出で立ちだ。

黒い髪はキッチリひとつにまとめられ、頬のニキビが目立つ顔に、野暮《やぼ》ったい眼鏡をかけている。セーラー服もスカート丈からスカーフまで、生真面目すぎるほど校則どおりなことが見てとれた。

「これが高校生までの私」

「えっ⁉」

失礼ながら、みどりは写真の女子高生と鈴を見比べる。まるで別人だ。

「私の従姉妹の……桃華《ももか》っていうんだけど、六つ上の桃華お姉ちゃんはファッションデザイナーでさ。フリーランスで活動しているの。このワンピも、お姉ちゃんがくれた試作品」

「デザイナーさんですか」

鈴が着ているような刺激的なデザインを売りに、けっこうな大手ブランドとも取引があるという。

「知らない？　『melody＝ribbon』っていうブランド。通称メロリボ」

「も、申し訳ありません……」

ファッションに疎《うと》いみどりは、寡聞《かぶん》にして存じ上げなかった。

実咲は名前だけは聞いたことがあるようで、「確か吉田《よしだ》さんが推しているアイドルとコラボしたことあるよ」と、アイドルヲタクな常連客の名前を出した。もっとそっち方面も勉強しておこうと、みどりは疎さを反省する。

「好きなことを仕事にして、バリバリ働いてさ。そんなカッコいいお姉ちゃんにずっと憧れていたんだけど、私の親は典型的な学力主義ってやつ？　見た目に気を遣う暇があるなら、勉強しろ的な人たちで……」

憂いている時の癖なのか、また鈴はクルクルと指でツインテールの毛先を回す。

「大学受験のことでもプレッシャーがヤバくてさ、限界が来てお姉ちゃんに泣きついたことがあるの」

＊　＊　＊

もう無理だ。

この家に一秒だっていたくない。

模試の結果がよろしくなくて、母からも父からも口々に責められた鈴は、高二の冬、粉雪が舞う真夜中、衝動的に家を飛び出した。

吹き付ける風は身を切るように冷たかった。

だけどそれ以上に胸の真ん中が凍えるようだった。

そのまま行く当てもなく、押しかけたのは桃華がひとり暮らしをするマンション。

「鈴ちゃん？　いったいどうしたの⁉」

雪まみれな上に涙でぐしゃぐしゃの鈴に、桃華は飛び上がらんばかりに驚いた。

ベリーショートのオレンジ髪が特徴的な桃華は、その頭を隠すようにナイトキャップを被っていた。もう寝るところだったようで、モデル側だってできそうな長身の体軀《たいく》はパジャマ姿だ。

だけど彼女は嫌な顔ひとつせず、「早く入って！」とすぐに鈴を部屋に招いてくれた。

桃華の住まいはデザイナーズマンションというやつで、窓の形や扉のデザインが独特だ。そんな部屋の隅っこには、中鉢でも大きく育ったコーヒーの木があった。

数か月前に寄った時にはなかったそれが、やけに鈴の目を引いた。

「あれいいでしょ？　ホームセンターで一目惚れして買ったの。いいデザインが浮かばない時とか、眺めながらお気に入りの豆を挽《ひ》いて一杯やると、不思議と落ち着くんだ」

そう笑いながら、桃華は熱いマグカップを鈴に差し出した。

高校生の鈴用に、ミルクと砂糖をたっぷり混ぜたコーヒー。

それは喉から、鈴の擦りきれていた心に流れ、労《いたわ》るように染みていった。ボタボタと泣いて「もう勉強なんてしたくない」と、本音を零した。

勉強漬けでろくに遊んだ記憶もなく、塾と学校、たまにこうして桃華のところに逃げ込むことしか、行き先の選択肢がない。この先、親の薦める進路に進むだけなど、ふざけるな！　と初めて吠えた。

だけど……そう親に反抗したところで、それならどうするつもりかと聞かれるだけだろう。

他に未来への展望がないのもまた事実で、なんて自分はつまらない人間なのだろうと、鈴は鼻を啜って項垂れた。

そんな鈴の手を取って、桃華は提案したのだ。

「鈴ちゃん、気分転換に私の作った服を着てみない？」

どうして今の流れで、服の話になるのか。

突拍子のなさに鈴はうろたえ、私に似合うわけがないと遠慮した。しかし桃華は強引だった。

「鈴ちゃん自身も気付いていないかもだけど、前々から私の作る服に興味津々のようだったから」

「それは、でも……」

「一度、私も着せてみたかったの。おいで、髪型も変えてメイクもしてあげる」

新しい自分に出会えるかもよ——その一言が決定打で、鈴は初めてまともなオシャレというものを経験した。

「私って……こんなふうにもなれるの？」

コーヒーの香りが満ちた部屋で、見知らぬ自分と向かい合う。

鏡に映る鈴は垢抜《あかぬ》けていて明るく、魔法かなにかで変身したみたいだった。

「どんなふうにだってなれるわよ。鈴ちゃんはね、これからの未来、いつだってなんにだってなれるの」

そう桃華がしたり顔で腕を組み、コーヒーの木と一緒に満足気にしていた。

私だってその気になれば生まれ変われる……その事実は、鈴に勇気を与えた。今なら両親にだって立ち向かえる気がしたし、未来への希望さえ湧いてきた。

この雪の夜に、鈴は新しい道を初めて歩んだのだ。

「桃華お姉ちゃんは、私の恩人。お姉ちゃんが私の両親を説得してくれたから、最初はとんでもなく反対されたけど、自分の意思で今の専門学校に進路を決められたの。将来はお姉ちゃんみたいなデザイナーになるのが、私の夢」

「……素敵なお話ですね」

そう実咲はゆったりと笑みを深めた。

鈴と桃華の仲のよい姉妹のような関係は、実咲も義理だが兄がいるので、また感じ入るところもあるのかもしれない。

「さすがに高校卒業後、すぐに髪をオレンジにした時は、両親に卒倒されたけどね。みっくんたち双子にもビビられたっけ」

おかしそうに喉を鳴らす鈴。そろってオレンジ髪の桃華と鈴が並べば、それこそストレリチアのように華やかなことだろう。

＊　＊　＊

鈴が店を持ちたいと言ったのも、みどりの想定どおり、己の作った服が並ぶアパレルショップのようだ。

しかしながら、本題はここからである。

「それで、その……桃華さんとなにかあったんですか？」

みどりの慎重な問いかけに、鈴の視線が再びパイ包みに落ちる。いまだ開けられていないそれを見つめる目は、深い苦悩が宿っていた。

「……お姉ちゃん、近いうちにプロからアマまで参加できる、大きなコンテストがあるらしいの。入賞すれば、将来的にも各所に名前を売るチャンスかもって」

桃華は今のうちにスキルや実績を積んで、ゆくゆくは自分のブランドを立ち上げることが目標だそうだ。

そのための躍進となる今回のコンテストには、かなり賭けているという。

「でも納得のいくアイディアが出なくて、ずっと煮詰まっているみたいで……」

ろくに寝もせず、まともな食事も取っていないようで、鈴が会いに行く度に桃華はやつれていっている。もともと細身の体が一回り細くなり、メイクでも誤魔化し切れないクッキリとした隈《くま》もある。

コーヒーを豆から淹れる手間も惜しみ、エナジードリンクばかりが部屋に転がっている惨状だ。

コーヒーの木もそんな桃華につられ、どんどん萎《しお》れていっているらしい。

（コーヒーの木は観葉植物の中でも、冬越しが難しいほう……枯れちゃう可能性は十分にあるよね）

みどりとしてはそちらに加え、桃華が食事を疎《おろそ》かにしている点も心配になった。かつて空腹で倒れかけた過去があるのでなおさらだ。

大切な相手がそんな状態では、鈴が気を揉むのも当然である。

鈴は赤いリップを塗った唇を歪《ゆが》め、「私がお姉ちゃんにできることなんて、なんにもなくて」と自嘲する。

「実際、会いに行ったってろくな言葉もかけられないの。本当は『無理しないで』って、『ちょっとは休んで』って言いたいのに、それって余計なお世話なのかなって。しょせん私はまだ学生だし、大人にはここぞという時は無茶をしたって、やらなきゃいけないこともあるのかなって」

「一理ないこともない、ですけど……」

同意を示しつつ、みどりは体を壊してしまったら終わりな気もして、難しいところだなと感じた。

「ギリギリで張り詰めているお姉ちゃんに、どう接するのがいいのか……このパイ包みみたいに、どう崩せば正解なのかわかんないよ」

やっとみどりは『パイ包みが姉に見える』と言った鈴の発言の意味を理解した。

つまり鈴は、桃華の心の内を、薄いパイに覆われているように思ったのだろう。繊細な問題なため、身動きが取れず無力感に打ちひしがれているのだ。

「私はお姉ちゃんに救われたのに……」

そう独り言《ご》ちて、鈴は沈黙してしまった。

みどりがオロオロしているうちに、進み出たのは実咲だ。

「少々、失礼致しますね」

彼はパイ包みの載った皿を引き寄せ、籐《とう》製のカトラリーケースからスプーンを手に取る。

「戸成様のお悩みはわかりました。そこでまずは、パイ包みの食べ方ですが……一気にパイを崩すことはオススメしません。こうしてスプーン、もしくはナイフを、軽い力で使って……」

実咲はパイの真ん中を突《つ》いて穴を開ける。

途端、ふわりと白い湯気が舞い、シチューの優しい香りが漂った。中は熱々で、時間が経ってもまだ冷めていなかった。

消沈していた鈴の喉が、ゴクリと上下する。

「パイ包みのパイには、こうして香りや熱を閉じ込める効果もあります。焦らず少しずつ崩すことで、シチューにサクサク感を加えていき、食感の違いを楽しみながらより贅《ぜい》沢《たく》に味わえます」

（なるほど……）

みどりも実咲の崩し方を見て、覚えておこうと頷く。

「さあ、どうぞ」

「う、うん」

実咲に勧められるがまま、鈴は戻された皿を前に、おずおずとスプーンを握った。ついにシチューを口に運ぶ。

じっくり煮込まれた鶏肉に絡む、緑のホウレン草は、裏の菜園で採れた自家製のものだ。ホウレン草は寒さに当てるとぐっと甘くなる。それがシチューのクリーミーさを引き立て、パイの食感と塩味にマッチする仕様だ。

「ホッとする味……美味しい」

噛《か》み締めるように、鈴はゆっくり食べ進めていく。器の縁についたパイも、実咲のアドバイスどおりスプーンで剝がして、気付けばすっかり器は綺麗になっていた。

いつの間にか、鈴を取り巻く強張《こわば》った空気も綻んでいる。

「コツは『焦らず少しずつ』。戸成様は桃華さんのことで、最善策を取らねばと焦り、悩みすぎているように感じます。もっと想うままでよいかと」

「想うまま……？」

「あなたが桃華さんを想う気持ちを、そのまま口にして伝えてあげてください。どんな時でも食事は大切なので、なにか美味しいものを一緒に差し入れするのもいいかもしれません。そうして少しずつ、桃華さんの心を崩していけばいいのです」

「焦らず……少しずつ……」

「なにより、そうやって気にかけてくれる戸成様の存在だけで、桃華さんは救われるのではないでしょうか」

「わ、私もそう思います！」

実咲に乗っかって、みどりも一生懸命に言い募る。

「『無理しないで』も『ちょっとは休んで』も、言ってもいいと思います！　無茶は必要な時も確かにありますが、やっぱり桃華さんが倒れたら元も子もないですよ！」

「倒れ……そ、そうだよね。余計なお世話とか、悩みすぎている場合じゃないのかも」

「はい！　そうならないよう、戸成様が気にかけてあげてください！」

過去のこともあって熱の籠《こも》るみどりに、鈴は若干のけ反りつつも、前向きに捉え始めている。

そこで実咲がそっと席を外し、本日のデザートセットを持ってきた。

「こちらは『王道カスタードプリン』です。周りのクッキーやクリームも合わせてお召し上がりください」

実咲がテーブルにガラスの器を置く前に、みどりは阿吽《あうん》の呼吸でパイ包みの皿を下げる。だんだん培われてきたコンビネーションだ。

四角いプリンは固めに焼かれていて、ほろ苦いカラメルがクセになる、実咲がよく作る定番のものだった。

(これ、ふとした時に食べたくなるんだよね)

幼いみどりも大好きだった、実咲の作るシンプルなプリン。

〝王道〟というのは、そのシンプルだが間違いない旨さに基づいている。

クリームと共に添えられているリーフ型のクッキーは、みどりも味見したあのハーブを練り込んだものだろう。エッグノッグとセットで出す代わりに、今回はプリンになったらしい。

なぜなら、飲み物が……。

「……コーヒー」

「当店のオリジナルブレンドです。お砂糖やミルクはご自由に」

鈴の話を聞いた上で、実咲は一杯の熱いコーヒーを淹れて持ってきたのだ。

桃華が淹れてくれるコーヒーを思い出しているのか、鈴はじっと感慨深げに、揺蕩《たゆた》う黒い水面を見つめている。

そこでみどりは「あっ」と閃《ひらめ》く。

（そういえば、コーヒーの木って……）

みどりが口に出す前に、鈴はプリンをデザートスプーンで大きく掬《すく》った。カラメルごと存分に味わってから、コーヒーをブラックのまま啜る。

「プリンはなんだろう、どこか懐かしい味がするね。コーヒーもフルーティーで上品な感じ。……でもなんだか、お姉ちゃんの淹れるコーヒーが飲みたくなっちゃった」

はにかむ鈴は、もうツインテールを指先で弄ろうとはしなかった。膝上のスマホをチラ見しながら「プリンだけ、食べる前に写真撮り忘れたな」と唇を尖らせ、明るい顔を覗かせている。

「ねぇ、ここのお店ってテイクアウトはやっていないの？」

「テイクアウトですか？」

「お姉ちゃんにもこのプリンとクッキー、差し入れたいんだけど。それで『無理せずちょっとは休め！』って、言ってやろうかなって」

「そうですね、今までお持ち帰りはやっていませんが……」

実咲はしばらく考える素振りを見せるも、そこは柔軟な彼だ。「ではすぐにふたり分、ご用意致します」と了承した。

鈴は「ふたり分？」と聞き返す。

「桃華さんと戸成様が、ご一緒に一服されたらと思ったのですが……桃華さんの分だけに致しますか？」

「……ううん、それいいね」

実咲の提案を、鈴は気に入ってくれたようだ。

「このプリンなら何回でも食べたいし、あわよくばお姉ちゃんにコーヒーを淹れてもらおうかな……って、それは疲れているお姉ちゃんに悪いか」

鈴の冗談に対し、みどりは最後にいいことを教えてあげる。

内緒話でもするように、少し声を潜めて囁《ささや》いた。

「実は、観葉植物にも花言葉がありまして。コーヒーの木の花言葉は『一緒に休みましょう』なんですよ」

これ以上ないくらい、今の鈴と桃華にピッタリなはずだ。

鈴は目を見開いて、それから「やっぱり私、あの植物が好きだな」と笑った。

「自分を気にかけてくれる存在ってさ、改めて大切だと思うよね」

テイクアウト用にまとめたふたり分のデザートを手に、鈴が箱庭を去ったあと。

みどりはコンサバトリー内で、実咲とテーブルの上を片付けながら、しみじみとそう口にした。

「いきなりどうしたの、みどり」

「実咲くんと戸成様の会話を思い返していたら、小学生の頃のあれこれが蘇ったというか……私は面倒見のいい実咲くんの存在に、驚くほど助けられたから」

間違いなく、あの頃のみどりを一等気にかけてくれていたのは実咲だ。

学校で嫌なことがあったら察して慰めてくれ、勉強で困っていたら手を貸してくれ、お腹を空かせていたら料理を作ってくれた。

桃華が鈴の恩人なら、実咲はみどりの恩人だ。

（そりゃさ、惚れちゃうのも仕方ないってものだよ）

将来の夢で〝実咲くんのお嫁さん〟と夢想するくらいには、子供ながらに本気も本気だった。

ただ結局、あの宿題は別の回答で提出した。実咲の回答を真似て、無難に『長生きする』にした。幼いみどりは一度、お嫁さんとは書いたけれど消し、さすがに恥が勝って書き換えたのだ。

なにもかも遠い思い出である。

それがうっかり、実咲と再会なんてするものだから、思い出になったはずの初恋の延命治療をされているのが、この現状だ。

(なんというか私の人生において、実咲くんの重要度って高すぎる……)

大人になった今でも、実咲はあらゆる場面でみどりに気遣いを発揮してくれるのだから、こちらも参ってしまう。

「……俺は別に、そこまで面倒見がいいわけじゃないけどね。世話焼きなわけでもないし。みどりは昔から特別だよ」

「特別、手がかかっていたって意味?」

「違うよ。特別大事にしたい相手ってこと」

空のコーヒーカップを持つ実咲に、顔を覗き込まれながら囁かれ、みどりの心拍数が急上昇する。近い距離に実咲の涼やかな目元があって、遅れて体を引いた。

「あの、それは、その!」

その言葉は、どう捉えていいものか。

実咲は「昔と今では意味が変わるけどね」と付け足すも、あいにくとみどりはますます混乱するだけだ。またからかわれているのでは、と判断してしまう。

ここに実咲の自称親友がいれば、「もどかしいなあ、おふたりさん」と揶揄《やゆ》していたことだろう。

「わ、私で遊ぶのはダメだってば、実咲くん！」

「うーん……やっぱりそう捉えられちゃうか。俺も作戦変更したほうがいいのかな」

「作戦？」

「なんでもないよ。それよりほら、次のお客様が来るまでに、早くテーブルも拭いておかないと」

「あっ！」

鈴のあとも、今日は来客の予約が詰め詰めだ。

みどりは止めていた手を急いで動かし、また新たなお客様を迎える準備に取りかかる。

降ったり止んだりを繰り返す雪は、またピタリと止んで、少しだけ青空の片鱗が現れ始めていた。

二皿　遠い記憶と三種の具だくさんホットサンド

カチコチ。

カチコチ。

木造立てのレトロな店内は、無数の針が時を刻む音で満ちていた。

特に目立つ、蔦《つた》模様が入った大きなホールクロックが、十二時を告げてポーンポーンと高らかに鳴る。

街の大通りから一本入り込んだ道に、ひっそりと佇む時計店。

創業四十年目を迎えるここは、年老いた男性がひとりで切り盛りをしている。その彼はカウンター内で、時計用の『キズミ』と呼ばれる専用のルーペを片目に取り付け、腕時計の修理に勤しんでいた。

店にあるのは様々な時計だけで、老人以外に人の気配はない。

そこにしばらくして、ひょっこりお客がやってくる。

「店長！　私が預けた時計、もう修理は終わっている？」

現れた妙齢の女性は、ベリーショートのオレンジ髪が華やかだった。長身にはヴィヴィッドカラーの黄色いジャケットを着て、短いタイトスカートから小鹿のような足を晒している。

老人は「ああ、桃華ちゃんか」と、のっそり顔を上げた。

ご近所さんの顔馴染み客のため、態度も互いに気安いものだ。

「終わっとるよ、懐中時計だろう」

後ろの棚から老人は箱を取り出す。中には蓋に鈴と花の絵が刻まれた、オシャレな懐中時計が眠っていた。

女性は受け取って、赤く塗られた口元を緩める。

「さすが店長、腕前はピカイチだね」

「しかしその懐中時計を、桃華ちゃんがまだ大事にしておったとはな。うちで買っていったのはまだ学生の頃だろう」

「高専のデザイン科に通っていた頃ね。私、一目惚れで衝動買いしがちだから」

女性の家にあるコーヒーの木も、同じ理由で購入したものだ。

だがそうやって買ったものに間違いはないと、女性は自負している。

「あの頃に比べ、今や立派なファッションデザイナー……といってもまだまだ駆け出しで、この前のコンテストもダメだったけど」

結果を出すことに執心し、飲まず食わずで煮詰まっていた記憶がある。

あとちょっとで倒れて病院行きだったところに、年下の従姉妹が「無理せず休んで！」と差し入れを手に押しかけてきて、凄い剣幕で強制的に休憩を取らせられた。その従姉妹と食べたプリンやクッキーはとても美味しく、気分が解《ほぐ》れていくようだった。

なにより従姉妹が心底、女性を案じてくれていたという事実が、後追いで少しずつ心を軽くしてくれた。

おかげでいいデザインが生み出せたと思う。

実力不足で賞には届かなかったものの、納得のいく形でコンテストも終えられ、次も頑張ろうと前向きに考えている。

そう世間話ついでに女性が語ると、老人は「そうかそうか」と鷹揚に頷いた。しかしその顔色が優れず、皺《しわ》深い輪郭が一回り痩せた気もして、女性は眉を顰《ひそ》める。

「店長、ちゃんと食べている？」

「あー……どうにも最近、食欲が湧かなくてなあ」

「ほら！　倒れかけた私だから言うけど、マジで食事を疎かにするのはよくないよ。もう店長も歳なんだから」

「ばあさんみたいなこと言うな、桃華ちゃん」

「真面目に警告しているの！　店長が入院にでもなったら、店は休業コースだし。大事にしているあのナントカ草っていう植物も、世話する人いなくなるんだからね」

そのナントカ草は店前にどーんと置かれていて、老人は毎年五月頃に咲くのを楽しみに、丹精込めて育てていた。この店の看板代わりだ。

「ううん、それは困るな」

腕を組んで唸る老人に、女性は「でしょ？」と胸を張る。

「自炊だと手を抜きがちなら、たまには外で食事でもしてきたら？　従姉妹の鈴ちゃんがテイクアウトを頼んだレストラン、写真も見せてもらったけど映えも最高だったよ。鈴ちゃんと今度行くの」

「レストラン？　こんな爺さんがひとりでかい」

「紹介制だからひとり客も多いし、ランチタイムやディナータイムとか関係なく夜まで予約できるらしいよ。店長もほら、のちのち私の紹介ってことで」

「遠慮しとくよ、さすがに」

苦笑して老人は濁そうとするも、押しの強い女性は諦めなかった。そのレストランの名前と番号、おおよその地図を、持ち歩いているデザインノートにサラッと書いて、切れ端を修理代金と共に置いていった。

また時計の音だけになった店内で、老人はやれやれと切れ端のメモを眺める。

「『箱庭レストラン』、また洒落《しゃれ》た名前だな」

やはり自分とは無縁そうだ。

すぐに捨てるのは忍びないため、メモは折り畳んで、適当に引き出しへ入れておこうとする。だがその前にふと、地図の場所が脳内で引っかかった。

「おや、この場所ってもしや……」

＊　＊　＊

雪は溶けきり、冬眠していた植物たちも起き出す三月の初め。

本日は晴天の土曜日。

みどりはひとり暮らし中のアパートではなく、バス一本ですぐ行き来できる実家のベッドで目覚めた。

昨年、みどりの父である土間林太郎《りんたろう》が、過労で病院に運ばれるという事態があってから、こうして月に何度か、様子見も兼ねてこちらに泊まっている。

みどりはスウェット姿で寝惚《ねぼ》け眼《まなこ》を擦りながら、水でも飲もうと一階へ下りた。母が存命だった頃、三人で暮らしていた一軒家は、父が高給取りなこともあって和モダンなデザインでそこそこ立派だ。

「おはよう、お父さん。今日って仕事なの？」

「ああ、みどりか。おはよう、ちょっと研修があってね」

玄関ではビシッとスーツを着込んだ林太郎が、靴を履いて腕時計を見ているところだった。

大手電気会社で営業課長を務める彼は、職場では〝デキる男〟らしい。娘のみどりは、素のおっとり屋で家事がポンコツな面しか知らないが……。

今だって「ただ困ったことにな」と、へにょりと眉を下げている。

「腕時計が昨日から調子が悪くて、すぐ止まるんだよ」

痩せ型で細い父の腕に、巻き付く機械式腕時計をみどりも覗く。深緑の文字盤に乗る針は、今も動くのをサボっていた。

「これは修理に出したほうがよさそうだね」

「だよなあ。オーバーホールに出す時期もそろそろだったか……」

「オーバーホール？」

「時計のメンテナンスだよ。部品を一から分解して点検するんだ。時計は精密機械だからね、車でいう車検みたいなのが必要なのさ」

「へえ……」

時計の知識など丸切りないみどりは、「植物で言うと『植え替え』ってとこかな」と、自分なりに解釈する。

「……みどりは今日、これから用事はあるかい？」

「一応あるよ、午後から友達のお手伝い」

大学で唯一の友人と言える小日向《こひなた》きいろは、ショートカットに小動物っぽい見目の元気娘である。そんな彼女が所属するボランティアサークルの緑化活動に、みどりは臨時参加する予定だ。

高齢者向け福祉施設の花壇に植栽をするそうだが、人手が足りないらしい。

「植物ヲタクなみどりなら得意かなって！　ここは私の顔を立ててひとつお願い！　学食のスペシャル定食奢《おご》るから！」

……などと、きいろに手を合わせて頼まれ、まあいいかと引き受けた。

コミュ力モンスターでアクティブなきいろは、ボランティア以外にもサークルをかけ持ちしまくっているが、みどりは無所属。たまには大学生らしいコミュニティに出てみるのも、植物関係なら悪くはないかなと思えた。

林太郎も「社会奉仕活動とは、僕の娘も立派になって……」と謎に涙している。それから腕時計を外し、みどりに差し出してきた。

「そっちが済んだらさ、これを隣町の時計店に持って行ってくれないか？」

「私が持って行くの？」

「僕は帰りが深夜になりそうだし、明日は確かその店は休業日でね。今日中に修理の見積もりを頼んできてほしいんだ」

相変わらず、林太郎は仕事の鬼で忙しそうである。

店に寄る分には問題ないため、みどりは「じゃあ、夕方頃に行ってみるね」と、林太郎から腕時計を預かった。

「それにしてもこれ、だいぶ古いよね」

「みどりが生まれる前から使っているからね。定期的にオーバーホールに出して、かれこれ二十年以上は経っているかな」

「そんなに……これってお高いやつなの？」

高級品なら、使える限り手放したくはないだろう。しかし、林太郎は照れ臭そうにポリポリと頭を掻《か》いた。

「値段もまあまあする代物だけど、価値はそこじゃないんだ」

含みのある言い方に、娘の勘が働く。

(……聞いたことなかったけど、お父さんの思い出の品なのかな)

なんとも好奇心が擽《くすぐ》られるところだ。

だがみどりが尋ねる前に、林太郎は時間が迫っていたようで、足早に職場へと向かっていった。時計店の名前を聞き忘れたので、あとでメッセージ等で教えてもらわなくてはいけない。

「私も出かける準備……は、まだまだ余裕あるし。とりあえず二度寝かな」

時計はリビングのテーブルに置いて、水を飲んだらみどりはベッドへと逆戻り。

それから四時間たっぷり眠って、のそのそとまた起きて朝御飯を食べた。

実咲が冬場に旬の蜜柑《みかん》で作ってくれた、マーマレードジャムをトーストに惜しみなく乗せて頬張り、サッパリした酸味で頭を元気にする。

気合い十分に向かった緑化活動では、みどりはまさしく大活躍だった。

ラベンダー、ゼラニウム、ペチュニア……などなどの育てやすい花苗を、サークルメンバーに交ざって施設の花壇に植えたのだが、持ち前の植物知識も活かして手際が大変よろしかったのだ。

周囲は「きいろちゃんの連れてきた子、スゴイね!」と盛り上がり、なぜかきいろが

「でしょっ⁉」とドヤ顔。

みどりの評判は福祉施設の職員にまで及び、施設内にある観葉植物の育て方のコツまで、気付けば成り行きで披露していた。

(大袈裟《おおげさ》にもてはやされちゃった気もするけど……お役に立てたならなにより、なのかな？)

苗植えは無事に終了し、現在は午後四時過ぎ。

みどりは施設を出て閑静な住宅街を歩いていた。

きいろやサークルメンバーたちは、今頃打ち上げか。カラオケやバーを梯子《はしご》するそうだ。一部メンバーにとっては、ボランティア活動は建前で、そういう場こそが本番のようだった。

みどりもどうかと誘われたが、用事があると遠慮した。時計店のことを抜きにしても、やはり大勢で騒ぐノリは残念ながら合いそうにない。

きいろもそれはわかっていて「この子、実は年上のイケメン彼氏がいて！　これからデートなんですよー！」と、嘘八百をついて断ってくれた。

(年上のイケメン彼氏って、実咲くんのことだよね……？　彼氏じゃないって言っているのに！)

本当に実咲が彼氏になってくれたら……なんて得意の妄想をしかけるも、赤い顔でブンブン首を横に振る。

恋愛初心者で奥手なみどりは、願望はあってもなかなか一歩を踏み出せない。妄想でも照れてしまう。

(きいろがあんな嘘つくから!)

ただ想定より苗植えが早く終わったため、夜七時頃までやっている時計店に向かう前に、実咲のとこにちょっと顔を出すつもりなのは事実だ。

福祉施設の職員からもらった〝手土産〟を渡したかった。

慣れた道のりを春の陽気を浴びながら進んで、冬から活気を取り戻してきた『緑の家』の庭を抜ける。

「あれ? どうしたの、みどり。シフトが休みの日に」

カウンター前に佇む実咲は、突然現れたみどりに目を微かに見張った。そんなささやかな動作も、実咲は絵になる。

店内はコンサバトリーのほうに、常連が一組だけ。いつも同じふたりで来る、仲のいい二十代半ばの女性ズだ。彼女たちはデザートタイムも終わって、ハーブティーをお供にお喋《しゃべ》りに勤しんでいる。

（……というか私、汚れてないよね？）

キラキラした実咲の前で、みどりは己の身形《みなり》が唐突に不安になってくる。土いじりで汚れたジャージ姿からは、さすがにラフな格好に着替えたが、まだ土臭いかもしれない。

急にオロオロし出したみどりに、実咲は「どうかした？」と尋ねる。

「い、いや！　えっと、いきなり来て迷惑だったかなって……！」

「そんなことはないよ、俺はみどりに会えて嬉しいし」

「そ、そう……よかった！」

不意打ちで柔らかく微笑まれ、みどりはおかしな返答しかできない。「よかったってなに⁉」と内心セルフツッコミを入れる。

「それで、今日はお友達のサークルの手伝いじゃなかったっけ？　終わったの？」

「う、うん！　行った福祉施設でね、これをもらって……」

トートバッグから取り出したのは、パック詰めされた高級ミルワーム。

ミルワームはゴミムシダマシ科の幼虫で、ペットの生き餌としてよく使われる。

施設ではアニマルセラピーの一環か、職員さんたちが高齢者の皆さんと共にハムスターを飼っていた。ふてぶてしいお顔の、ジャンガリアンハムスターのジャンくんだ。

ミルワームを好むところは、ハムスターもハリネズミも同じ。みどりが職員さんにはーちゃんの話をしたら、「そのハリネズミちゃんにもどうぞ」とくれたのだ。

つまりは、はーちゃんへの〝手土産〟である。

「かなり喜びそうだね。さっき見たらもう起きていたし、連れてくるよ」

そう言って実咲は、二階からはーちゃんをケージごと下ろしてきた。

高級ミルワームを与えると、はーちゃんは「キュイー！」とはしゃいでモグモグ咀嚼《そしゃく》する。

「さすがグルメなハリネズミ……」

「キュイッ！　キュイッ！」

フンフンと鼻を鳴らして、ご機嫌なはーちゃん。

上下する伏せられた針山を、実咲とみどりはほのぼのと見守る。

「わざわざ立ち寄って、はーちゃんのために悪いね。ここ最近で一番、はーちゃんが元気になったよ」

「キュイッ！」

「このお礼は、近いうちに飼い主の俺からするね」

「キュイキュイ！」

はーちゃんの鳴き声の合間に、実咲が「近いうちにね」と意味深に念押しする。

みどりはなんだろうと首を傾げつつも、まだお客様もいることだし、目的も果たしたので素早く撤退することにした。

「じゃあ、私はこれで……」

「このあとも用事？」

「お父さんの腕時計が壊れちゃって、隣町の時計店に持っていくの」

「隣町っていうと……『針城《はりしろ》時計店』？」

「実咲くん、知っているの？」

まさしく林太郎から、メッセージで教えられた店名でみどりは驚く。

けっこう有名なお店なのかと思えば、なんと実咲祖父とそこの店主が友人関係だったのだという。

「うちがレストランに改装する前、玄関にあったホールクロックは覚えている？」

「あ、うん！　あの『ウンベラータ』くらいの高さのだよね」

みどりが指差す入り口横の隅には、二メートルほどの高さの観葉植物が立っている。

悠々と広がるハート型の葉は、葉脈がくっきり出ていて美しい。ウンベラータは、デパートやカフェなどでもよく置かれており、扱いやすい観葉植物である。

そのウンベラータくらいのホールクロックは、細かい蔦模様が全体に入っていて、そこを気に入って実咲祖父が購入したと、みどりは聞いたことがあった。

(おじいさんに自慢されたことも、バッチリ記憶にあるし!)

幼いみどりには、大きさもあってインパクトの強い代物だった。思えば箱庭レストランになってから、あの時計は見かけていない。

「じいちゃんが亡くなったあとは、針城さんが引き取ったんだ。もともと彼が、うちにあれの定期修理に来ていてね。古い物だから不具合も多くて、じいちゃんがわざわざ依頼してちょこちょこ見てもらっていたんだよ」

「年代物って感じだったもんね……」

「針城さんとじいちゃんの付き合いは、たぶん二十年以上? そのうちに意気投合したのかな。俺から見て、ふたりはいい友人って感じだった」

単に店の人と顧客の関係ではなかったらしい。

あいにくと幼かったみどりは、針城なる人物とは一度も鉢合わせしていないが、彼等のように長く縁の続く友情には少し憧れる。

実咲祖父は針城を、下の『時之《ときゆき》』という名前から取って、『トキさん』と呼んでいたそうだ。

「じいちゃんは気に入った相手には与えたがりだから、針城さんが来る度に料理を振舞ったり、植物をプレゼントしたりもしていたな」

「……そういうところ、実咲くんはおじいさんに似ているよね」

〝与えたがり〟とは言い得て妙である。

みどりも実咲には与えられっぱなしだ。

しかしそう伝えれば、実咲には「俺のほうこそ、みどりにはいろいろ与えられてばかりだけどな」と肩を竦められた。まったくもって解せない。

「まあ、無意識なところがみどりらしいか」

みどり的には「うーん」と解せないままだが、好意的な面としては捉えられているようなので、ひとまずよしとしておいた。

「でも針城さんのところに行くなら、ちょっとだけ待ってもらっていい？　せっかくなら簡単に食べられるもの、持って行ってほしくて」

「実咲くん、なにか作るの？」

緩んでいたソムリエエプロンの紐を、キュッと実咲は結び直す。今日も今日とて、実咲が身に着けているのは、みどり作の刺繍入りエプロンだ。

「あり合わせの材料で、サクッとね。じいちゃんの腕前には及ばないかもだけど……針城さんに、久しぶりにうちの料理を食べてもらいたいなって」

「実咲くんの料理はおじいさん直伝だもんね。でも絶対、おじいさんにも負けてないよ！」

「……そうかな？　ありがとう。やっぱりみどりには与えられてばかりだ」

「わわっ！」

嬉しそうに破顔した実咲に、頭をくしゃりと撫《な》でられてみどりは焦る。

繰り返すが、今のみどりはまだ土臭い恐れがあるのだ。だけど昔のように、撫でられること自体は嫌ではないので、赤い顔であわあわすることしかできない。

そこにコンサバトリーから、「ちょっとぉ、店長さんにみどりちゃん！　イチャイチャするのもいいけど、詩月《しづき》ちゃんの分と合わせてお会計よろしくー！」と声がかかる。

ふたり組の片割れ、ロングヘアーの女性からだ。箱庭レストランはレジ台がなく、すべてテーブル会計である。

それをショートカットの女性が「星奈《せいな》、お会計はあとにして邪魔しちゃダメよ」と窘《たしな》める。ふたりとも、まさに常連らしい気安さだ。

みどりは見られていたと思うと、ますます頰が熱くなる。

実咲はコンサバトリーのほうに足を向けた。

「星奈さんと詩月さんのところに、まずは行ってくるね。それから針城さんに届ける品を作りたいんだけど……」

「了解！　はーちゃんと待っているよ！」

「キュイッ！」

みどりはケージにいるはーちゃんと、戯れながら実咲を待つことにした。

オモチャのトンネルの中にミルワームを配置すると、はーちゃんはモソモソくぐり、トンネル内でキュイキュイ食べる。その後はスポンッと、心なしか誇らしげに出てきた。食べすぎには注意しつつ、それを何度か行う。

お会計を終えた女性ふたり組は、そんなはーちゃんに可愛い可愛いと大盛り上がり。

そのふたりが去り、はーちゃんがトンネル遊びにも飽き始めた頃。実咲が「お待たせ」と、厨房からバスケットを携えてやってきた。

「中身は『三種の具だくさんホットサンド』。ついでに作り置きしてあった『リンゴのコンポート』ね。どっちも、じいちゃんが針城さんに振る舞ったことがあるものに、俺なりの一工夫を加えたんだ」

「ホットサンドにコンポート……美味しそう……」

「みどりの分もあるよ」

「えっ⁉」

受け取ったバスケットの中身を確認すれば、茶色いワックスペーパーで包まれた三角のホットサンドが、ちゃんと二セットあった。さほど大きくないサイズで、おつまみ程度に齧《かじ》れそうだ。

使いきりのプラスチックカップに収まる、コンポートもふたつ。

実咲の料理を、植物と同じく心から愛するみどりにとって、思いがけず頂けるのは僥《ぎょう》倖《こう》である。

「針城さんが受け取らなかったら、みどりのほうで食べて。コンポートは日持ちするし、ホットサンドも明日の朝食までなら問題なく持つから」

「あ、ありがとう……もしかしてさっき言っていた、はーちゃんの代わりにお礼ってこれ？」

「いいや、それはまた今月中にね。期待してくれていいよ」

秘密主義な実咲は笑顔ではぐらかすのもうまく、みどりの疑問符は増えるばかりだ。はーちゃんは呑気《のんき》に「キュイー」と鳴いている。

追及することは諦めて、みどりはバスケットを抱えると、はーちゃんと実咲に見送られて箱庭を出発した。

黄昏《たそがれ》時の街はセピア色に染まっている。

人や車が多く行き交う大通りも、一本入り組んだ道に入れば別世界のようで、しんと静まり返っていた。

「ここかな」

林太郎から送られた地図を頼りに、みどりは小さな店を見つけて足を止める。

通り一帯が古い建物ばかりだが、傾いた看板が屋根に乗るこの店が、特段年季が入っているようだった。看板には、掠《かす》れた白い文字で『針城時計店』とある。なんともレトロな佇まいだ。

木製ドアにはご近所さん向けの、交通安全ポスターや催し物の告知が貼られていて、赤々と夕陽を浴びていた。

(地域に根差したお店って感じ……ん？)

みどりの目がふと、入り口前にある行灯《あんどん》仕立てのプランターに吸い寄せられる。

何本か土に支柱を立てて輪っかをつけ、行灯のような形にしたそれは、もっともポピュラーなところで『朝顔』の育成に使われる。植物のツルを誘引して絡ませるのだ。

だがみどりの見立てが正しければ、そこに植えられているのは朝顔ではなく……。

「……『トケイソウ』じゃない⁉」

あまりご近所では見かけない植物に、ヲタクの血が騒ぐ。

あれはトケイソウと呼ばれるツル性の熱帯植物。

あいにくと開花時期はまだ先、夏の入り口から秋にかけてだが、時計の文字盤に似た花を咲かせることからその名がついた。中心の雌しべと雄しべも、時計の針のようでユニークなのだ。

まさに、時計店の看板植物にはピッタリだろう。

「いいなあ、何色の花が咲くんだろう！　これは鉢植えだけど、地植えもいいよね」

みどりは興奮して走り寄り、まだ葉っぱとツルだけの状態をまじまじと観察する。

トケイソウの花は鮮やかな原色系で、その種類はザッと五百以上。

ツルはどんどん伸びていくので、広い場所なら地植えにすると圧巻の咲きっぷりを見せる。反して鉢植えだと、蔓延《はびこ》りすぎる懸念がないのがいい。

(実咲くんのおじいさんが、針城さんにプレゼントした植物って……もしやこれのこと？)

みどりがその考えに至った時、ガチャリと木製のドアが内側から開いた。

「わっ！」

慌てて、プランター前から一歩退く。

出てきた七十代前後のご老人は「人影があるかと思えば、お客様かい？」と、小豆《あずき》のように円らな瞳を細めた。

腰の曲がった細身の体に、薄手の茶色いセーターとよれよれの黒いズボンを身に着け、白髪交じりの髪を後ろに撫で付けている。少々青白い顔は健康的とはいえないが、素朴で穏やかそうな印象だ。

このご老人が針城時之だと、みどりはすぐに察した。

「あ……っと、腕時計の修理に来まして」

「そうかいそうかい、桃華ちゃん以外の若いお客は珍しいな。中へどうぞ」

なにやら聞き覚えのある名前が出た気もしたが、みどりはおとなしく店内に足を踏み入れる。

壁掛け時計がぐるりと周囲を埋め、真ん中には高そうな腕時計が並ぶコレクションケース、正面にはカウンター台。ケース横にはゴシック型のホールクロックが、美術品さながらに立っており、そこに刻まれた蔦模様にみどりは覚えがあった。

(これだ、実咲くんのお家《うち》にあった時計！)

くすんだ金の振り子が、ユラユラと右へ左へ揺れている。

ホールクロックはまたの名を『グランドファザークロック』とも言って、有名な童謡『大きな古時計』からとっているとか。あの曲のように、眺めているとほんのり切ないような、ノスタルジックな気持ちにさせられる。

時之が「立派だろう？」と鷹揚に笑った。

「私の友人から引き継いだもので、売り物ではないよ。入り口の植物と合わせて、店の看板でありお守りだ」

「あのトケイソウもお守りですか」

「おや、花もまだ咲いてないのによくわかったの」

「植物は趣味でちょっと詳しくて……！　蔦臣《つたおみ》さんからの贈り物、だったりします？

ホールクロックも、もとは蔦臣さんのですよね」

「そうだが……ツタさんを知っているのかい？」

蔦臣は実咲祖父の名前だ。『トキさん』に対し『ツタさん』とは、仲のよさが伝わる愛称である。

驚く時之に、みどりはバスケットを持ち上げてみせる。

「えっと、実は腕時計の修理依頼とは別に、蔦臣さんのお孫さんからお届けものを預かってきたんです。お孫さんは箱庭レストランっていうお店をやっていて、私はそこのスタッフでして……」

「孫というと、実咲くんか。ツタさんの家がレストランになったと最近知ったが、彼がやっているのか」

時之は箱庭レストランの存在をお客から聞き、その場所がかつて友人が住んでいた『緑の家』で、ずっと引っかかっていたのだという。

積もる話もしたいと、みどりはカウンター台の前に座らせられた。

先に林太郎の腕時計を出せば、いったん預かりとなり、見積もりは一週間以内には連絡するとのこと。林太郎は普段からここにお世話になっているようで、彼の名前を告げれば手続きはスムーズだった。

そののちにみどりは嬉々として、向かい側にいる時之にバスケットの中身をお披露目する。

「焼いたサンドイッチに、リンゴの砂糖煮……懐かしい。ツタさんが作ってくれたものはとても美味しかったなあ」

「実咲くんのも美味しいですよ！」

「それは楽しみだ。どれ、お嬢さんの分もあるなら一緒にどうだい？　お茶も淹れてあげるよ。どうせ今日はもう、お嬢さんを最後に店仕舞いだ」

もとより店に来るのは顔見知りばかりで、賑《にぎ》わっているわけではないという。

常連向けにのんびり営業しているようだ。

誘われてみどりは悩んだが、正直はーちゃんに餌を与えながらも、ずっとお腹は風通しがいいくらい空いていた。昼食は苗植えの合間に、コンビニで季節柄そろそろ消えそうな肉まんを買って食べただけなのだ。

(冬の名残にって選んだけど、アレひとつじゃさすがに夕飯まで持たなかったか……)

実咲はみどりの空腹っぷりも察知して、ホットサンドをみどりの分まで用意してくれたのかもしれない。

「い、いただきます!」

こんがり焼き色がついてフチが圧着された三角のホットサンドを、みどりはひとつ選んでパクリと一口。

食べてみないと、中身はわからなかったが……。

「……これ、紫キャベツと蒸し鶏? サッパリ食べやすいです!」

飛び出してきた紫キャベツは、シャキシャキした歯応えに加えて、鮮やかな色合いも目に楽しい。そこに蒸し鶏のしっとりした柔らかさが絡み合い、薄い塩味で重くなく食べられた。

ご年配の方でも胃もたれしないヘルシーさは、実咲の配慮だろう。

時之も「どれどれ」と、別のサンドにかぶりついている。

「ほう、こっちは海苔《のり》とチーズ……緑色の野菜はアボカドかい？」

「本当だ……！　辛子《からし》マヨネーズが堪らないです……！」

怒濤の勢いで紫キャベツ&蒸し鶏サンドを食べ切ったみどりは、次のまったく違う和風テイストに目を輝かせる。

辛子マヨネーズのピリッとした旨さが、トロトロのチーズと溶け合い、焼き海苔とフレッシュなアボカドを包んでいる。一見するとバラバラな組み合わせが、実咲の手によって完璧にまとまっていた。

ラストは定番の卵サンドだったが、砕いたゆで卵にタマネギが相性バッチリで、三者三様の味を楽しんだ。

幸せそうにご馳走さまをするみどりに、時之が「ははは」と突然笑い声を立てる。

「ど、どうしました？」

「いやいや、お嬢さんの食べっぷりが爽快でなあ。このところ気分が塞いで食欲がなかったんだが、おかげで私もつられて食べられたよ」

見れば時之も、ホットサンドを綺麗に完食している。

みどりとしては恥ずかしさが勝つが、食い意地の強さがプラスに働いたなら、結果オーライではあるだろう。

「確かに懐かしいツタさんの味だった……けれど、紫キャベツや辛子マヨネーズを使っていたり、ゆで卵の半熟加減だったり、実咲くんらしい料理というのかね？　そういうのもわかったよ。この砂糖煮も、ツタさんのより甘みが深めだね」

時之はプラスチックの器に入ったリンゴのコンポートを、半分ほど胃に収めてゆっくり味わっている。

サクリと、みどりも倣《なら》って歯を立てた。果汁がジュワリと口内に染みて、そこで「あっ」と思い至る。

「たぶんこれ、砂糖煮じゃなくて蜂蜜煮なんですよ。実咲くんのアレンジで、ハニーコンポートです！」

「ほう、深い甘みはそれかい」

リンゴに蜂蜜がたっぷり染みていて、サクリサクリといくらでも食べられてしまいそうだ。あっという間にコンポートも器から消え、みどりは時之の淹れてくれた温かいほうじ茶を啜る。

同じく湯呑みを傾ける時之は、初対面時よりは頬に赤みが差して、顔色がよくはなっているが……。

「……さっき気分が塞いでいたっておっしゃっていましたけど、その、大丈夫ですか？」

立ち入った質問かと悩んだが、みどりは確認しておきたかった。体調にも影響があるなら、普通に心配してしまう。

束の間、時之は難しい顔をしたあとで、「春先はどうにもダメでな」と苦笑する。

「春先ですか……？」

「ツタさんが病院に運ばれて亡くなったのも、ばあさんが心不全で急死したのも……こんな時期やったからなあ」

「あ……」

友人を亡くした翌年の三月、時之は妻の恵子《けいこ》も亡くしていた。

恵子はハキハキとしたしっかり者で、のんびり屋の時之をいつも支えていたそうだ。

しかし、あっけなく……と。

みどりはいらぬことを聞いたと謝ろうとするも、見越して待ったをかけられる。

「謝らんでいいよ」

「でも……」

「歳を取った分、別れは付きものだ。ついでに娘が海の向こうに嫁入りして、遠くに離れちまったのも春先だしな。おかげで孫ともなかなか会えん」

夫婦と共にこの店を手伝っていた時之の娘は、三年前にドイツ人の夫と国際結婚。旅行中に知り合って、のちに交際に発展した末らしい。世間的には適齢期を過ぎた結婚だったが、子供も生まれて、あちらで幸せに暮らしているそうだ。

だが娘の幸せを想うこととは別に、時之には色濃い寂しさがあるのだろう。

ポツリと落とした「みんなみんな、おらんくなってしまった」という呟きは、カチコチと重なる時計の音の中でも、しっかりとみどりの耳に響いた。

(針城さんには、別ればかりの春だったんだ)

それで春が憂鬱《ゆううつ》になる気持ちは、みどりにも少しわかった。みどりも一度、実咲と決別したのが春だったからだ。

時之は不意に立ち上がると、カウンターから出てホールクロックに歩み寄る。

「時計を直す仕事をしているくせに、おかしなことを言うがな。みんながおった頃に、針が逆回りして時間が戻れば……なんて、時々思うんだよ」

彼はどこか眩しそうに、規則正しく時を進める文字盤を見上げた。

みどりも湯呑みをカウンター台に置いて、そっと時之の隣に歩み寄る。近くで見ると、ホールクロックに描かれた蔦模様は本当に見事だ。

外のトケイソウを見たあとだからか、トケイソウのツルがそのまま時計に絡んでいるようにも映る。

「ツタさんは歳を取ってできた唯一の友人だったが、いつももらうばかりでなにも返せんかった。ばあさんにも、私のような面白味のない夫に連れ添わせて、礼のひとつでも返せばよかったよ。娘にだって、そばにいるうちにもっとしてやれることがあったはずだ……後悔が多いなあ」

「……後悔、ですか」

「年寄りのお節介だが……お嬢さんも大切な相手がいるなら、現状に甘えちゃいかんよ。大切な相手にはちゃんと行動で示して、私のように後悔はしないようにな」

その言葉を受けて、みどりの頭にエプロン姿の実咲がぼんやりと浮かぶ。

想像の彼が「みどり」と優しく名を呼びかけたところで、目の前のホールクロックがポーンポーンと鳴り響いた。

「そろそろ閉店時間かい」

針が示すのは午後六時。

ちょうど一時間ごとに、時計は鳴る仕組みらしい。

「お嬢さんには長々と、じいさんのしみったれた話に付き合わせてしまったね」

「い、いえ！　そんなことは！」

「近頃は春が終わって、トケイソウが咲くくらいしか楽しみはなかったが……実咲くんの料理を食べて、お嬢さんと話せて、今日はとても楽しかったよ」

時之は笑みを浮かべるも、背負う哀愁は隠せず、みどりには色褪せて枯れるのを待つ花のように見えた。なにか言葉をかけたくて、だけど言葉が出ず、空になったバスケットを持って帰り支度をする。

扉を開ければ、夕空には紫が溶けてグラデーションを描いていた。

空がもっとも淡く、幻想的な時間。マジックアワーというやつだろうか。

足元では開花を待つトケイソウの葉が、風に吹かれてサワサワと揺れている。

「本日はご来店ありがとう。修理の見積もりはお父さんのほうに連絡するよ。実咲くんには、お嬢さんからお礼を……」

「あのっ！」

みどりはやっと、時之にどう言うか決めて声をあげた。

「今度ぜひ、箱庭レストランに食べに来てください！　できたらこの春のうちに！」

「春に、私が食べに……？」

突拍子もないみどりのお誘いに、時之は困惑したように瞬《まばた》きをする。みどりは自分なりのプレゼンをする。

「トケイソウはどちらかというと夏の植物なんですけど、春って基本的に植物たちが元気いっぱいで！　レストランの庭だといい香りのする『ジンチョウゲ』とか、小花が集まって鞠《まり》みたいになる『コデマリ』とか咲きますし！　観葉植物も成長時期なので、『ポトス』とか『アジアンタム』とかの生き生きした姿も癒されます！」

「ちょ、ちょっと待っておくれ。私はレストランなんて洒落たとこは……」

「ええっと、それに！　春は裏庭の菜園で、いろんな野菜も果物も採れます！　全部実咲くんが、さっき食べたみたいな美味しい料理にしてくれるんです！」

「それは確かに魅力的だが、しかしな……」

「出来立てほやほやの食事を食べないと損ですよ！　だから」

もう一度みどりは、「春のうちに箱庭レストランに来てください！」と繰り返す。その必死さが、時之にも正しく伝わったのか。

時之の脳裏にふと、在りし日の思い出が蘇る。

＊　＊　＊

——十年ほど昔。

その年は春の訪れが早く、三月の初旬でずいぶんと暖かかった。

そんな中、時之は慣れた足取りで『緑の家』を訪れていた。

今回はホールクロックの修理や点検目的ではない、蔦臣に「お昼を食べに来ないか」と誘われて、ご相伴に与《あずか》ることにしたのだ。実はこういうことはよくあり、仕事を抜きに蔦臣とは親しく交流している。

妻の恵子は今頃、町内会の仲間の家で、女子会ならぬ婦人会で盛り上がっているところだろう。蔦臣しか友人のいない時之と違い、社交的な恵子は友人も多かった。

しかし時之が思うに、生涯の友など二、三人くらいでちょうどいいのだ。歳を食ってからしみじみ感じる。

特に自分のような、親の代から継いだ時計修理くらいしか、特技のないつまらない男には。

「どうしたんだい？　トキさん。ぼうっとして」

「っと……悪いね、ツタさん」

観葉植物に囲まれたダイニングテーブル。その木目調の板を挟んで向こう側、蔦臣が気遣わしげな視線を向けている。

「ほんのちょっと考え事をしていただけさ」

そう答えて、時之はポリポリと頭を掻いた。

最近とみに白髪が増えた気がする。

対して蔦臣は、時之と同じ六十代のはずだが、どうにも時之と比べて雰囲気が若い。食生活がいいからか、腹もたるまず腰も曲がっていなかった。髭《ひげ》もお洒落に整えられていて、『ダンディー』と呼ぶにふさわしい歳の取り方をしている。

植物だらけの異質な家に住んでいるせいか、ご近所では変わり者扱いだそうだが、きっと若い頃はさぞモテただろう。

蔦臣は三十代の時に妻を亡くしていると聞いたが、話によるとロマンス映画にでもありそうな大恋愛模様だった。恵子とお見合い結婚するまで、ろくに女性と接してさえこなかった時之とは大違いだ。

しかし、ふたりは不思議と相性がよかった。

それこそ、時計の歯車と歯車が噛み合うように。

この家にあるホールクロックの、オーバーホールを時之が初めて引き受けた日から、共に過ごしていて気が休まるのだ。

「……今回の料理、もしや口に合わなかったかな？」

髭をさすりながら難しい顔をする蔦臣に、時之は「まさか！」と慌てて否定する。

時之の目の前には、こんもり盛られたカレーとサラダが置かれている。

カレーは菜の花や新ジャガなど、春野菜を中心に使ったそうで、一口食べただけで美味だった。野菜の旨味と、何層にもなっているスパイスが手を取り合い、奥深い味を生んでいた。

サラダも旬のクレソンや春キャベツをふんだんに用いて、フレッシュ感がカレーともピッタリだ。

元有名レストランのシェフだったという蔦臣の料理に、時之が文句をつけられるはずがない。むしろ舌が肥えて、料理ベタな恵子と比べてしまい困る毎日だ。

「本当にぼんやりしていただけなんだ。ほら、暖かい春だから」

「そういうことならいいけれど……孫に料理の腕を抜かれそうで、冷や冷やしているところだからね」

「孫って、実咲くんかい？　ツタさんが料理を教えているのかい」

蔦臣の孫である実咲は、まだ中高生くらいだったか。時之もたまに顔を合わせるが、イケメンで落ち着いていて、将来有望そうな子だ。

冷や冷やしているというわりに、その成長ぶりが嬉しいのだろう。蔦臣は機嫌よく孫自慢をする。

「物覚えがいい天才肌なんだ、うちの実咲は。特に料理はめきめきと上達していてね。食べられる植物にも詳しくなってきて、将来はレストランを開くんじゃないかなんて、今から期待してしまうよ」

「レストラン！　それは今から楽しみだなあ」

食事を再開しながら、時之も話に乗る。若者の未来が明るいのはよいことだ。

「もし実咲が開いたら、トキさんは食べに行っておくれよ」

「ええ？　だけどその頃には、私はオジサンどころかお爺さんだろう？　実咲くんが開きそうな、オシャレなレストランなんてとても……」

「そんなことは気になさんな。トキさんにはサービスするよう、実咲には言っておくから」

「いやいや、悪いよ！」

ただでさえ蔦臣には、こうして栄養満点で美味しい食事も振る舞ってもらい、先日は植物をプランターごと頂いてしまっているのだ。

時之がトケイソウという花をたまたま本で知り、「うちに置いたら看板代わりにならんかね」と呟いたら、蔦臣が「それならあるから持って行きなよ」と、どこからともなく運んできたのである。

遠慮したが、押しに負けてもらってしまった。

今は初夏に何色のどんな花が咲くのか、生で見るのが待ち遠しい。

「悪いと思うなら、常連になってやってくれ。それでいいよ」

「ううん、まあ〝もしも〟の話だからね……」

スパイスの効いたカレーを、菜の花と共に口に収めながら、時之は了承を示して頷いた。

蔦臣は満足そうに、植物を背景に笑っていた。

＊　＊　＊

「……ああ、そうだった。なんで忘れていたのかね」

「針城さん？」

突然、ボソリと何事か呟いた時之に、みどりは不思議そうにする。よく聞き取れなくて、すぐ聞き返そうとしたが、その前に時之が口を開いた。

「食べに行くよ……箱庭レストラン。そういう約束だった」

「っ！　は、はい！　ぜひ！」

約束とはなにか。

みどりにはわからなかったが、自分もレストランの店員として「お待ちしております！」と頭を下げる。

店先でこれでは、時之とみどり、どちらが時計店の客かわからない。だけど時之は先ほどとは打って変わり、寂し気ではない優しい顔をしている。

「お嬢さんの言うように、この春のうちがよさそうだ。確かにあの家で出された、春野菜は新鮮で格別だった。サービスもしてくれそうだしね」

「えっと……そうですね！　実咲くんなら、サービスも手厚いと思います！」

今度、時之が食べに来たいという旨を、実咲に伝えておこうとみどりは心にメモする。きっと実咲も喜ぶはずだ。

時之もなんだか懐かしそうに、ゆるりと瞳を細めていた。

（針城さんにとっての春が、そう悪くないものになるといいな）

そこでようやく、みどりは帰ろうとする。空のマジックアワーが過ぎれば、もうじきに夜になってしまう。

ただちょっとだけ、名残惜しくトケイソウを見たのは、やはり咲いているところを見たかったという未練だ。

(お父さんの腕時計の修理が終わったら、私が取りに行こうかな)

どのくらいかかるものなのかはわからないが、予定が合うならまた代わりにここへ来たい。

その時は蔦臣との思い出について、もっと時之に尋ねてみるつもりだ。

(思い出といえば……腕時計に纏わる話も、お父さんに今度聞いてみようかな)

空のバスケットを片手に、春の風を浴びながら、アスファルトを踏むみどりの足取りは軽かった。

三皿　友情と緑のアフタヌーンティー

「ふんふふーん、ふーん」

バイトも出かける予定もなにもない、平和な土曜日。

みどりはアパートの手狭なワンルームで、調子外れの鼻歌を歌いながら水やりを行っていた。手にはミニサイズのジョウロが握られ、ブリキのボディに窓から差し込む朝日が反射している。

部屋のあちこちでは、小から中鉢サイズが中心の観葉植物たちが、四月という春本番を迎えて健やかな姿で並んでいた。

その中で、みどりはいそいそと隅の茶色い棚に近寄っていく。

「あっ！　芽が出ている……！」

わっと一気にテンションが上がる。

棚の天辺には新しく、切り株の形をした個性的な鉢植えがあった。切り株に寄り添うように、陶器製のハリネズミもくっついている。

植えてあるのは、愛らしい実が生る『ワイルドストロベリー』。

ハーブの一種で、名前のまま野生のイチゴだ。食用で用いられているオランダイチゴより小振りで、丈夫で育てやすい植物である。

みどりはこれの種を、先週の三月二十三日……みどりの誕生日に、鉢植えと一緒に実咲から贈られた。

(あの時はビックリしたなあ)

いつものように箱庭レストランに出勤すれば、まさかの『薔薇』の花弁でフラワーシャワーを浴びせられた。

ヒラリと赤い花弁が舞う中、「お誕生日おめでとう、みどり」と優美に微笑んだのは実咲だ。フラワーシャワー係をしていたのは、実咲の自称親友の早乙女《さおとめ》潤《じゅん》と、義兄の六条春文《はるふみ》。はーちゃんもケージから出されてキュイキュイ鳴いていた。

いつかの実咲の誕生日に、みどりを主導に実咲を祝ったメンバーが、今度は実咲を主導にみどりを祝ってくれたのだ。

ついでに赤い薔薇の提供元は、箱庭レストランのお得意様にして、薔薇《ばら》のお屋敷に住む貴婦人・誉《ほまれ》様だった。

(実咲くんの「近いうちに礼をする」って発言の意味が、まさか私の誕生日のことだったなんて……)

まんまとサプライズに引っかかってしまった。

日付が変わった瞬間にきいろからお祝いメッセージが届き、林太郎からは朝に「帰りはケーキを買ってくるよ」と言われ、家政婦の日下部《くさかべ》さんにも祝福されてはいたが、実咲たちまで祝ってくれるとは、みどりは予想していなかったのだ。

（実咲くんの誕生日会を成功させた時点で、なんか満足しちゃっていたというか……自分の日に返ってくるイメージがまったくなかったというか……）

実咲は箱庭レストランを一日休業にし、山ほどの料理と『お花のケーキ』を準備してくれていた。繊細な花飾りをバタークリームで表現したそれは、蔦臣から実咲に継承されている、〝大事な人に贈るためのケーキ〟だ。

ケーキにはチョコペンで『Happy Birthday　みどり』とも綴《つづ》られており、みどりは半泣きになりながら感動した。

それに加えて実咲は、プレゼントにワイルドストロベリーの栽培セットをくれたのだ。みどりがつい先日「私もお家で食べられる植物を育てようかなあ」と零していたのを、実咲はバッチリ覚えていたらしい。

潤いわく、実咲は当初、もっと高価なプレゼントを考えていたらしいが……結局〝みどりが今一番喜ぶ物〟を選んだとかなんとか。

密かに潤にも相談していたようで、潤は「愛だな」とみどりをからかった。

(幸せな一日だったな……)

思い出に浸りながら、みどりは片手でツンと出たばかりの芽を突く。

なおワイルドストロベリーの隣には、葉の切れ込みが大胆な観葉植物『モンステラ』も仲良く並んでいる。こちらは七年前の、実咲からの誕プレだ。

(ストロベリーのほうも、モンちゃんくらい元気に育ってくれたらいいな)

無事にひとつ発芽したが、他の種たちもまだまだ土から顔を出してほしいところである。最終的には、ワサワサと実ったワイルドストロベリーたちを収穫することが、みどりの目標だ。

「……いや、そこはまだ最終目標じゃないよね」

実はワイルドストロベリーには、とある〝ジンクス〟がある。

そのジンクスに則って、みどりはうまく収穫できたら、しようと決意したことがあった。それは数週間前の時之との交流からも、思うところがあって悶々と考えていたことだ。

「はあ……」

勇気のいる行為なので、正直ふとした瞬間に決意は揺らぎそうになる。

また臆しかけて、みどりは深呼吸をした。息を吐き切ったところで、ベッドに乗るスマホが着信を告げる。見ると相手はきいろだ。

電話とは珍しい。

会っていつでも話せるので、かかってくることは滅多にない。

(なにか緊急事態かも……?)

急いでみどりは応答ボタンを押す。

「もしもし、きいろ? どうかし……」

『ねぇねぇ! みどりって潤さんと知り合いだったんだね!』

「うえっ!? じゅ、潤さんっ?」

ボリュームMAXで襲ったきいろの声に、みどりの耳がキーンとする。それでも拾った名前は、きいろの口から飛び出すには意外すぎた。

(潤さんって、あの潤さん?)

つい先ほどまでの回想にもいた、誕生日会の盛り上げ担当だった褐色肌の色男。彼に間違いないだろうか。

特徴を並べて確認すれば、きいろから「その潤さんだよ!」と即座に肯定される。

「確かに実咲く……バイト先の店長と潤さんが、学生時代からの友達だから。そこから私もお知り合いになったけど……」

『うんうん、潤さんに聞いたとおり！　誕生日も祝ってもらったんでしょ？　いいなあ』

「ええっと、なんできいろは潤さんと……？」

『先月の初め頃に、みどりにボランティアサークルの活動を手伝ってもらったじゃん？　あのあとの打ち上げの最中に、運命的な出会いをしたの！』

みどりは参加を見送ったが、きいろたちはカラオケやバーを梯子するとは聞いていた。その三件目のバーが、潤がバーテンダーを勤める『onyx』という店だったらしい。

きいろはそこで、最初はサークルメンバーと普通にワイワイ騒いでいた。しかし酔っ払ったメンバーの男ふたりが、些細なことで喧嘩を始める。気になる女性を取った取られたという、なんともくだらない争いだ。

それもどんどんエスカレートし、殴り合いまで行きそうになったところで、きいろが止めに入る……も、男の肘がドンッと当たって突き飛ばされてしまった。

その時、颯爽と受け止めてくれたのが潤なのだという。

『真っ先に私のこと「大丈夫か？　怪我はないか？」って気遣ってくれて！　喧嘩していたふたりも潤さんが止めて、「店で暴れるのも、女の子に乱暴するのも頂けないな」って諭してくれて！　私にキッチリ謝らせたの！　カッコよくない⁉』

「それは……普通にカッコいいね」

まるで登場から少女漫画のヒーローのようである。

潤は軽薄な言動が目立つが、元来は気の回せる面倒見のいい性格なのだ。

「でもそんな大変なことがあったなら、もっと早く大学で会った時にでも話してくれたらよかったのに」

大学は春休み中だが、きいろとは一緒に課題を片付けるため、苗植えのあとも大学内の図書室で何度か集合している。帰りにカフェに寄った際なども、切り出すタイミングはいくらでもあったはずだ。

『だってみどり、ずっとなんかお悩みっぽかったし。こっちの話をする機会が、そもそもなかったんだよ！』

「……うっ、それはごめん」

悶々と考え事に耽っていたせいで、きいろと共にいても、心ここにあらずなことが多かったかもしれない。

きいろは「とにかく！」と声を張り上げる。

『きいろちゃんは潤さんに、ふぉーりんらぶ！　恋に落ちちゃったのでした！』

ビシビシと、機械越しにピンクのハートが飛んでくる。

ただでさえ潤は、実咲とはまた違う筋肉のついたワイルド美形で、きいろのタイプにドストライクだ。そこに加えてそんな出会い方をしたなら、惚れても仕方ないだろう。

『それからちょこちょこバーに行って、潤さんに連絡先も聞いてメッセージのやり取りはしているんだけどね』

「コ、コミュ力モンスターふたり……」

『あはは、なにそれ！』

きいろはウケているが、みどりからすればできない芸当だ。

仲を縮めるスピードが速すぎる。

『それでついさっき、私の友達の話題になって、そっからみどりと知り合いなことがわかったの！　勢いで電話しちゃった！』

「ああ、そういうことね」

『けど、潤さんって年下は恋愛対象外？　けっこうわかりやすくアピールしているのに、のらりくらりと躱《かわ》されるんだよね。今はフリーだとは確認済みだけど！』

「うーん……」

さすがに潤の恋愛事情までは、みどりは知らない。

ベッドに腰掛けながら「実咲くんなら、一番いろいろ知ってそうだけど……」と呟けば、きいろは餌を与えられた鯉のように食いつく。

『できたらさりげなく！　情報収集してきて、みどり！』

「ええ……まあ、いいけど」

『やったぁ、ありがとう！』

みどりだって友達の恋は応援したいし、実咲にちょっと聞くくらいなら差し障りはないと判断した。

長々と続くきいろの『潤さんカッコいいトーク』に付き合って、この日の通話は終了したのだった。

＊　＊　＊

（……とは言ったものの、どうやって切り出そうかな）

翌日、晴天の日曜日。

街のあちこちで開花を迎える桜の花を見上げ、みどりはいつもどおり、午後から箱庭レストランに出勤した。

きいろからのミッションをどう実行するか。

頭の中で試行錯誤しつつ、「失礼します……」と店内に足を踏み入れる。この時間にお客の予約が入っていないことは、みどりも把握済みだ。

「お疲れ様、みどり」

「おや、みどりちゃん。お邪魔しているよ」

「実咲くんと、春文さん……？」

実咲は厨房で作業でもしているかと思ったが、中央の大鉢のパキラのそばに、なぜか春文と並んで佇んでいた。

春文は実咲より歳がひとつ上。緩くセットした栗色の髪に、タレ目が柔和な印象で、義兄ゆえに実咲と顔立ちはあまり似ていない。

潤と同じく誕生日会にもいたわけだが、あの日と変わらずハイクラスな身形をしている。細身に纏うミディアムグレーのスーツは最高品質で、仕事の合間に立ち寄ったのか。つけている腕時計は、時之のところでみどりも見た海外の有名ブランドだ。

「春文さんはどうしたんですか？　実咲くんに用事でも……？」

「ちょうど用事は済んで、もう仕事に戻るところだよ。僕はこれを持ってきたんだ」

「これって……」

春文が示す四人掛けのテーブルの上をよく見ると、そこには見慣れない三段のケーキスタンドがあった。

「うちの六条グループのホテルでは今、毎月テーマを変えてアフタヌーンティーの企画をしていてね。豪華なホテルでお茶とお菓子を、っていうさ。ありがたいことに連日満席の大好評で、これはそのために特注したケーキスタンドなんだ」

『六条グループ』とは、『六つの信条で無限のおもてなし』をキャッチフレーズに、主にホテルやリゾート施設を運営する大企業だ。

実咲と春文の父は、そのグループの社長である。実咲にとっては義父に当たり、実咲の母の再婚相手でもある。

春文は社長補佐として活動中で、実咲もレストラン運営の合間にたまにそちらも手伝っているのだった。

春文のようにスーツ姿でリモート会議をしている実咲に、うっかり出会《でくわ》して胸を撃ち抜かれたことは、みどりも記憶に新しい。

「アフタヌーンティーって、けっこう流行《はや》っているやつだよね。確かイギリスの……」

みどりのあやふやな知識に、実咲が「そう、英国発祥のお茶会だね」と補足を入れてくれる。

「お嬢様気分が味わえるっていう点でも、特に女性に人気みたいだよ」

「お嬢様……」

みどりの脳内で、スーツ姿だった実咲が、今度はお嬢様に給仕する執事姿に変身する。燕尾服《えんびふく》を着た実咲に、みどりは想像だけで大変萌《も》えた。

（「お帰りなさいませ」とか言われてみたい……って、違う違う！）

気を取り直して、みどりは近付いてケーキスタンドを観察する。

ふちに沿うように葉っぱが描かれた丸いプレートが、下から大中小と三段分。そのプレートたちの真ん中を、シルバーの支柱が真っ直ぐ通り、支柱の天辺は花の装飾が施された持ち手になっている。

森のお茶会をイメージしたようなデザインで、箱庭レストランの雰囲気ともピッタリではあるが……。

「……これをどうして、春文さんはわざわざ？」

「せっかくだから、この店でもアフタヌーンティーを始めたらどうかと思ってね。実咲に使ってもらえたら嬉しいなと」

ニコニコ説明する春文は、自身も相当忙しいはずなのに、やたら実咲の店や生活に関わりたがる。

実咲と春文は環境ゆえのすれ違いにより、長らく仲違《なかたが》い状態だった。その間をみどりが一役買って取り持ち、仲直りを果たしたわけだが、反動か春文は弟に構いたがりを発揮している。端的に言えばすっかりブラコンを拗《こじ》らせていた。

「じゃあ僕は行くね。実咲もいつでも、実家に遊びに来ればいいからな」

「気が向いたらね」

去り際まで構いたがりな兄に、実咲は受け入れつつも若干鬱陶しそうな反応だ。

みどりとふたりになった今も、やれやれ顔である。

「そんなわけで……うちでもアフタヌーンティー、試験的に実施してみるのもアリかなって。みどりはどう思う？」

「アリだと思う！　こっちもテーマとか凝りたいね」

「メニューも考案して、開始は六月頃が妥当かな。それより先に、常連さんを一組か二組ほど募集して、試食会みたいなのを開いてもいいし」

「きっと応募殺到だよ……っ」

なんだったら、みどりが第一の試食係になりたいくらいだ。そんなみどりの思考を読んでか、実咲は「一番に体験するのは、きっとみどりだろうけどね」と笑う。

「女性の視点でも、いろいろと手伝ってね」

「わ、私にできることならもちろん！」

実咲の役に立てるチャンスなので、みどりは拳を握って息巻く。

そんな様子を、実咲は驚くほど優しく見つめている。ふとその眼差しに気付いて、みどりは大袈裟なくらい心臓が跳ねた。

（ま、まるで「大切だ」って、目で言われているみたい……）

都合のいい捉え方かもしれないが、実咲がそんな目を向ける相手は、自分だけがいいなとみどりは願ってしまう。

「みどり？　顔が急に赤いけど……大丈夫？　具合悪い？」

「へっ⁉」

火照る顔をそのままにしていたら、過保護な実咲を心配させてしまったらしい。

「へ、平気だよ！　なんでもないから」

「そのわりには耳まで赤いよ。小さい頃もみどりは平気だって強がって、夏風邪でダウンしたことあったよね」

「それはっ、その！　学校のクーラーで体を冷やしすぎただけで、まだ夏じゃないし！

ここ数年は風邪も引いてないよ！」

だから安心してほしいと言い募っても、仕舞いに実咲は熱を測ろうと額に手を伸ばしてくる。

こういう子供扱いからも脱したい上、なにより実咲に今触れられたらいよいよ沸騰しそうで、みどりは強引に話を変えることにした。

「そ、そうだ！　潤さん！　潤さんのことで聞きたいことがあって！」

「……なんでいきなり潤の名前が出てくるの」

たちまち、実咲の声が低くなる。

体感で周囲の温度も二度は下がり、スウッとみどりの顔の火照りも冷めた。ただの話題転換のつもりが、実咲の不機嫌スイッチを押してしまうとは予想外だ。

「なんでって、あの、それはね……！」

アワアワとうろたえながらも、みどりはきいろのことを説明する。友達がバーで潤に助けられ、どうやら恋をしているらしいと。

黙って耳を傾けていた実咲は、まだ冷え冷えとした態度ながら「それで、俺から潤のことを聞きたいってわけだね」と理解を示してくれる。

「俺が知る限りでは……潤には年下の彼女も、年上の彼女も、年齢は特にこだわりなく過去にはいたよ。綺麗系から可愛い系までね」

「あっ、じゃあ年下のきいろでも……っ！」

「でもね、アイツはオススメしないよ。今は落ち着いてフリーだけど、一時期は来るもの拒まず。そのわりにいまひとつ、付き合っても長続きしないし。浮気とかは絶対しないから、そこは信頼できるけどね」

「モ、モテる男って感じだね」

みどりの所感では、潤ときいろはなかなかに相性のいいベストカップルな気はするのだが、そう一筋縄ではいかないのか。

ひそっと、そこで実咲は声を潜める。

「潤は恋に本気になれない。それはね……潤には〝忘れられない人〟がいるからなんだよね」

「忘れられない人……？」

「ごめんね。友達想いなみどりにもっと教えてあげたいけど、俺から話せるのはここまでだ」

実咲は口元に長い指を当て、内緒のポーズを取る。これ以上知りたければ、潤本人に聞けということだろう。

(友達想いなのって、実咲くんのほうだよね)

潤には気が置けないゆえか辛辣な面が出るものの、こういった秘密の線引きはちゃんと守っている。なんだかんだ、実咲と潤はよい友達なのだ。

「それにしても……潤さんにそんな相手がいるなんて、正直意外だったかも」

みどりにとって、〝忘れられない〟という言葉が当て嵌まる相手は実咲だった。

己の実咲への想いの根深さを考慮すると、いくらベストカップルに思えても、きいろの恋は前途多難かも……と、いらぬお節介で危ぶんでしまう。

この実咲から得た情報をありのまま伝えてしまえば、きいろがショックを受ける可能性もある。

（きいろには言わないほうがいい……のかな。きいろの気持ちを考えるなら、伝えるのと黙っておくの、どっちが正解なんだろう）

またしても新しい悩みが増えてしまった。

密かに頭を抱えるみどりに対し、実咲はまた「確かにガサツな潤にしては、意外なセンチメンタルさだよね」と辛辣な毒を吐いている。

「――おいおい、誰がガサツだって？」

ぬっと、みどりの背後から影が差す。

後ろを振り返れば、当人である潤がいて、みどりは「ひゃっ⁉　じゅ、潤さん⁉」と飛び上がった。ガタッと、ケーキスタンドが一瞬揺れる。

潤はウェーブのついたライトブラウンの髪を、後ろで適当なゴムで括《くく》り、ボタニカル柄のシャツに黒のジョガーパンツを合わせていた。ラフな格好の上からでも、体は鍛え抜かれていることがわかる。

いつ彼は店内に入ってきたのか。

音もなければ気配もなく、みどりは完全に油断していた。

(ど、どこから私と実咲くんの会話を聞いていたの⁉)

実咲のほうは、早々に潤の侵入に気付いていたらしい。驚いたふうもなく、気だるげに肩を竦めている。

「兄さんの次はお前か、潤」

「なんだよ、春文さんも来ていたのか？　実咲の親友として挨拶のひとつくらいしたかったぜ」

「誰と誰が親友だ、毎回そこをアピールしてくるな」

「ツレないな、マイベストフレンド」

「口を慎まないと出禁にするぞ、潤」

「おいおい、お前こそ毎回なにかにつけて出禁で脅すなって！」

気安い応酬を繰り広げる潤と実咲。それが一通り終わったところで、潤はわざとらしく溜め息をついて前髪をかき上げた。

「まったくよお……実咲に頼み事をしにきてみれば、俺の悪口で盛り上がっているし。挙げ句に出禁とは酷いもんだ」

「わ、悪口とかでは決して……！　あの、どこから聞いて……？」

「実咲が人をガサツだセンチメンタルだと、好き放題に評していたあたりくらいしか聞いてねえよ」

気まずいところは耳に入っていなかったようで、みどりはホッとする。いずれ潤に直接尋ねてみたかったが、今はそんな空気でもない。

潤もさほど気にしてはいないようで、頼み事をしたいという実咲のほうに向き直っている。

「さっそくなんだが、この店を大人数で貸し切るっていうのはできるか？　大人数っていっても、ほんの十数人程度だが」

「その人数で貸切……は、今までしたことないけど。用途は？」

「結婚するからパーティーをやりたくて」

「えっ⁉　潤さん結婚されるんですか⁉」

衝撃のあまり、みどりは会話に割って入ってしまった。事実なら、きいろの恋が前途多難どころから即終了となる。

ブッと潤は吹き出し、「俺じゃないって」と否定する。

「高校時代の部活の先輩だよ。ひとつ上の」

「あ……そ、そうなんですね」

早とちりをしてしまったと、みどりは縮こまる。いらぬ恥をかいた。

恥ずかしさを誤魔化すため、「ぶ、部活って何部だったんですか？」と問いかける。

「そうだなあ、何部か当ててみな」

「身長もあって体格もいい潤さんなら、バスケ部とか陸上部とか……あっ、水泳部とかも似合いそうです」

「全部ハズレだな、残念。中学は帰宅部で、高校は美術部なんだよな」

「美術⁉」

前提として体育会系だと予想していたため、目を丸くするみどりに対し、潤は「俺って運動もできるけど、芸術センスもあってさ」なんて自画自賛している。

そんな潤の後頭部を、実咲がペシリと叩いた。

「あいたっ！　なにすんだよ、実咲」

「信じやすいみどりに無意味な嘘つくな。みどり、コイツはね、部活とか面倒で仕方なかったけど、高校は全員入部が義務だったから、活動が緩くてサボりやすい美術部に入っただけなんだよ。芸術センスなんてないから」

実咲いわく、潤は数多《あまた》の運動部の勧誘を蹴って、楽さを優先したのだという。潤の書く絵は幼稚園児の似顔絵レベルだ、と。

そう言う実咲は、周囲の推薦で中高とも生徒会役員をしていたはずだ。生徒会は部活に入らなくてもいいそうだが、実咲はなんでも器用にこなすため、あらゆる部から助っ人を頼まれていた。

（そう思うと、実咲くんと潤さんって本当にタイプが違うというか……でも私ときいろもだし、そういうほうが友情って案外長く続くのかな？）

みどりが潤と実咲を見比べている間も、潤は実咲に抗議している。

「先輩は俺の絵、褒めてくれていたぜ？　秘めたる才能を感じるってな。実咲と違って見る目があるんだよ、彼女」

どうやら、結婚する潤の先輩は女性らしい。

みどりがどんな人だったのか聞けば、潤の目が柔らかな弧を描く。

「芯のしっかりした人、だな。それなのにお人好しでどこか抜けているから、放っておけなくてさ。部長でもあったんだが、部員はみんな慕っていたよ。俺みたいに不真面目な動機で入部した奴も、先輩の言うことは素直に聞いていたし。おかげでけっこう、部員同士も仲良かったんだぜ」

「へえ……」

彼女のことについて語る潤は、見たことのない憧憬を宿した表情をしていた。もしかしてと、みどりは推測を立てる。

(潤さんの忘れられない人って、その先輩さんなんじゃ……?)

つい実咲のほうに視線を向けてしまうも、返ってくるのはまた内緒のポーズだけだ。

「先輩とは卒業後に疎遠になっていたんだが、この前たまたま俺のバーに飲みに来ていて、久しぶりに再会したんだよ。そこで結婚報告を聞いたってわけ」

「なるほど……」

「今は俺らの母校の中学で、美術教師をしているんだったか。先輩は植物の絵を描くのが好きで、そりゃあ生き生き描くんだ」

「あっ! だからその先輩さんの結婚お祝いを、箱庭レストランでやりたいと……?」

「そうそう、植物好きにはピッタリなロケーションだろ」

パチンッと、潤はアイドル張りのウィンクを飛ばす。

きいろなら黄色い声を挙げそうだ。

「お相手さんがけっこう年上なこともあってか、婚姻届を出したら、あとは撮影だけで終わりらしいからさ。それなら元美術部の仲間に声かけて、ささやかなお祝いパーティーでも企画するかなと」

昨今の結婚事情では、挙式も披露宴もしないカップルも増えていて、俗に言う『フォトウェディング』のみ行うパターンも多いという。衣装を借りてスタジオで撮り、写真だけを残す方法だ。

年上だというお相手は、絵画教室の十個上の先生。潤の先輩はもともと小学校の頃から絵画教室に通っていて、その先生がまだ先生未満で、教室で補佐をしていた頃から長年片思いしていたらしい。

「……ちょっと、実咲とみどりちゃんみたいだろう？」

「はいっ⁉」

こそっと潤に囁かれて、みどりは素っ頓狂な声が出た。傍らに立つパキラの木が、声に震えて葉をふるりと揺らす。

「……潤、みどりになにを吹き込んだの」

「いいや、なにも？」

冷気を纏う実咲を、潤はサラリと躱す。

みどりは潤に文句を言いたかったが、実咲の手前で口を噤《つぐ》むことしかできない。

（と、年上の人に初恋を長引かせているところは、確かに一緒かもだけど！）

それなら自分も、実咲と結婚というゴールインを迎えることも……などと、いろいろ段階をすっ飛ばした妄想までしかけて、慌てて思考を散らす。

実咲のお嫁さんを夢見た頃から、脳内が変わっていなすぎる。

今は自分のことより、潤のことだ。

（もし先輩さんが、潤さんの想い人だったなら……実は複雑な心境なんじゃゃ……）

潤の飄々《ひょうひょう》とした態度からでは、その胸の内まではわからない。

しかし、みどりの推測が当たっているとも限らないので、不用意な深入りも止めておくべきだろう。

ふむと、実咲は頤《おとがい》に手を添えて思案する。

「準備の期間がしっかりあるなら、うちを会場にできなくはないけど……」

「今のところ、七月の半ばくらいを予定しているな」

「それなら、まあイケるかな。アフタヌーンティーに続いてウェディングパーティーなんて、新しい試みばかりだけどね」

「なんだ、そんな洒落たもんもするのか？　どっちもできたら楽しそうじゃねぇか。なあ、みどりちゃん」

「えっ？　は、はい！」

急に話を振られて戸惑いつつも、みどりも潤の言葉には賛成だ。箱庭レストランで催せたら、やってくるお客様にとって、きっと最高な思い出になるだろう。

そうなるように箱庭レストランの一員として頑張りたいと、ムクムクやる気が湧いてくる。

「実咲くんがいいならやろうよ。私も全力で取り組むよ！」

「みどりがそう言うなら……いいよ、潤。パーティーの件は引き受けるよ」

話がまとまったところで、潤は「おう、ありがとうな！」と爽やかに笑う。

「それで、細かい企画内容については……ん？　なんか電話が鳴ってないか？」

ワンテンポ遅れて、みどりの耳もプルルルという音を拾う。螺旋階段の近くにひっそり置かれている、固定電話からだ。

「ああ、本当だ。予約の電話かな」

「私が取ってくるよ！」

みどりが駆けだした後ろで、「俺はいったんお暇《いとま》するわ」と、潤は片手を挙げてヒラヒラと振っている。パーティーの内容決めはまた後日……ということだろう。

アンティークな電話台の前まで来て、みどりは受話器を耳に当てる。

「大変お待たせ致しました。箱庭レストランでございます」

『あ、みどりちゃん？　私、星奈。待鳥《まちどり》星奈』

「星奈さんでしたか！」

聞き慣れた常連客の声に、みどりは肩の力を緩める。いまだに電話対応は緊張してしまうものだ。

『突然なんだけどさ、今から予約って取れる？　一時間後とか』

「確認してみます！　詩月さんとおふたりですよね？」

急な当日予約も、空きがあれば基本的には受け付けている。このあとは夜まで予約はない上、常連のふたりなら実咲はおそらくＯＫするだろう。

だが、当たり前のように相方の名前を出したみどりに対し、星奈は『ううん……』と声を落とす。

『詩月ちゃんは今日、いないから。私ひとり。おひとり様でお願い』

「え、星奈さんだけ……？」

思わずみどりは、きょとんとして聞き返す。

星奈と詩月は最初、みどりがここでバイトを始めて間もない頃に、誉の紹介で詩月が星奈を連れて来店した。それからもふたりセットで、ちょくちょく土日にランチを食べに来ている。どちらかだけというのは今回が初めてだ。

(別に予定が合わなかったとか、星奈さんが単にひとりの気分とか、おかしいことではないけど……)

それにしては受話器越しでもわかる暗い雰囲気に、不穏なものを感じ取ってしまう。

ひとまずみどりは、通話を保留にして実咲のもとへ向かった。潤はもう去ったあとだ。

「……っていう、お電話だったんだけど」

「今から待鳥様、おひとりだね。一時間後なら大丈夫だよ」

実咲はすぐにそう答えたが、みどりが少し星奈とのやり取りを伝えただけで、彼も星奈たちになにかあったのだろうと察したようだ。

みどりが戻って了承の意を伝えれば、星奈は消え入りそうな声で『ありがとう』と零した。

——それから待つこと、きっちり一時間後。

くるりと内巻きにした茶髪のロングヘアーに、ペールトーンのブルーのティアードワンピースを着た星奈が、うつむき加減でやってきた。ピンクのバッグにはみどりも聞き覚えのある、『melody=ribbon』というブランドロゴが入っている。

トレンドを押さえたスタイルは、垢抜けていて最先端な彼女らしい。

しかし……。

「……急な予約でごめんなさい」

ペコリと頭を下げる姿には、やはりあからさまに元気がなかった。普段はもっと陽気でお喋りなのに、口数も少ない。

対して実咲は「問題ありませんよ、ご来店いただきありがとうございます」と丁寧に腰を折る。

「お席はいつものように、コンサバトリーのほうでよろしいでしょうか？」

「今日は……あっちはいいかな。カウンター席とかでお願いしたいかも」

「かしこまりました」

厨房に消える実咲に代わって、みどりが席まで誘導する。

カウンター前の椅子に腰掛けても、星奈の雰囲気は重苦しいままだ。

(これはあとで、はーちゃんに癒し枠として登場してもらうべきかも……)

睡眠中の針山を思い浮かべながら、みどりはハーブ入りのお冷やを運んだ。ピッチャーに浮いている葉はアップルミント×スペアミントで、清涼感あふれるミント尽くしだ。

「前から失礼致します」

オープンキッチンとなっているカウンターテーブルの向こうから、実咲が腕を伸ばして料理をお出しする。

前菜は『ラディッシュと甘夏のサッパリサラダ』。

裏庭で採れた新鮮なラディッシュに、手頃な大きさに切った甘夏やベビーリーフを混ぜ、サッとオリーブオイルで和えている。甘夏のほんのり苦い甘酸っぱさが、自然の味を引き立てるサラダである。

スープはジャガイモベースに、これまた裏庭産の小松菜を足した、優しい緑色の『小松菜のポタージュ』。

口当たりがよくなめらかで、体にゆっくり染みる味わいだ。

そして本日のメインは、作り置きの自家製バジルソースを使った、『具だくさんジェノベーゼパスタ』。

具だくさんと銘打つだけあって、もっちりしたモッツァレラチーズにアボカド、プリッと大きなむき海老にプチトマトと、バジルに合う具が惜しみなく乗っけられており、ボリュームのある一皿となっている。

それらを星奈は、黙々と食していった。

常ならば詩月相手に、「これ美味しくない!?」「食材の組み合わせが最高」「詩月ちゃんも早く食べてよ」など、ペラペラと感想を述べながら手を進めるところだが、ほとんど一言も発さなかった。

(星奈さんの食レポ、密かに楽しみにしていたんだけどな)

ちょっぴり物足りなく思いながらも、みどりは皿を下げていった。

それでも料理はすべて綺麗に平らげているので、静かに堪能しているらしい。

そんな星奈がようやく口を開いたのは、お腹も膨れて気が緩んだ頃……デザートの『甘夏のブランマンジェ』を前にした時だ。

「……私、詩月ちゃんを本気で怒らせちゃったの」

前触れもなく落とされた一言だったが、デザートセットのお茶を運ぶ途中だったみどりも、カウンター越しの実咲も、動きを止めて耳を傾ける。

やはり今日、星奈がここに来た目的はお悩み相談のようだ。

「店長さんたちにはもう話した気もするけど……私と詩月ちゃんって、幼稚園からの幼馴染みなの」

「詩月さんからも伺っていますよ、古い付き合いだと」

実咲が「自他共に認める親友同士ですよね」と重ねて言えば、星奈はコクリと小さく頷く。

クールビューティーで姉御肌な詩月と、甘え上手で明るく懐っこい星奈。ふたりはそれこそ一見〝タイプが違う〟ものの、仲のよさは折り紙付きだ。

大学まで同じ学校に通い、就職先が別れた現在も、休みを合わせてふたりでよく遊ぶし旅行などにも行っている。

食べ物や音楽の趣味が合うなど、意外なところで共通点も多々あり、初来店の時……好きな植物を実咲が尋ね、ふたりで声を揃えて「金のなる木」と答えたことを、みどりはよく覚えている。

（しかも理由も、完璧なシンクロ率で「人生でもっとも必要なのは金だから」って宣言していたよね）

別名『花月《かげつ》』や『クラッスラ』と呼ばれる『金のなる木』は、肉厚な葉がぷっくりと愛らしく、丈夫で管理もしやすい観葉植物だ。

名前の由来は、植物を売る側のユニークなアイディアから来ている。販売する際、新芽に五円玉を通してみたところ、成長するとまるで五円玉が実ったような状態になり、大きな話題になったそうだ。

そのことからも、金運アップに効果的な観葉植物として有名である。

なお詩月と星奈の「人生は金」宣言は、互いがまったく同じタイミングで、長年付き合っていた恋人に浮気された直後だったからもある。

大失恋であったため、ふたりは一晩飲み明かして「もう私たちは一生、金を稼いで独り身で生きよう」と誓い合った。

そして酔っぱらったままノリで、金のなる木をどちらもネットで購入したと……けれども。

「実は私、今度結婚する予定で……」

「星奈さんもご結婚されるんですか⁉」

みどりが〝も〟をつけてビックリしたのは、もちろん潤の先輩の話が先ほどあったからだ。なんともタイムリーである。

「おめでとうございます、お相手は？」

実咲の祝辞に、星奈は「勤め先の会社の人で……」と明かす。

「私が営業事務をしている支社に、本社から移動で来たの。ぽっちゃり体形で生まれたてのパンダみたいなところが、もう好みで……」

「う、生まれたてのパンダですか」

妄想好きなみどりの頭に、ネクタイを締めてオフィスにいる小さなパンダが浮かぶ。

星奈は少々、独特な感性をしているようだ。

詩月も以前「星奈はそもそも、男の趣味が悪くはないけど変」と零していた。

「あっ、もちろん見た目だけで選んだんじゃないよ！」

「は、はあ」

「仕事でも取引先の人を第一に考える営業姿勢とか、事務にも感謝を忘れないところとか、見ていて好感度高くてね。お付き合いしてまだ半年だけど、癒し系でそばにいて安心する彼となら、いい家庭を築けそうだなって。自然と結婚話が出て、今のところ式もあげるつもりで……」

お相手のことを語る星奈は、春の陽だまりにいるような、温かい幸せに満ちた顔をしている。みどりまで幸せのお裾分けをもらった気分になった。

また潤の先輩とは異なるパターンで、星奈たちはしっかり結婚式をやりたいそうだ。

「結婚式での友人代表のスピーチは、絶対に詩月ちゃんに頼みたいの。でも、その……独り身で生きようとか誓ったくせに、なかなか言いづらくて……恋人ができたことすら、実はずっと隠していて」

「……まさか、詩月さんを本気で怒らせたって」

「わ、私から腹を括って、ちゃんと伝えるつもりだったの！　でもそれより先に、詩月ちゃんの耳に、たまたま私の兄から情報が入ったみたいで……」

それ以来、詩月の態度があからさまに冷たいのだという。

メッセージは返してはくれるが素っ気なく、電話には絶対出てくれない。普段は気軽に寄っている詩月の家にも、星奈は一度押しかけたが、「今日はもう帰って」と門前払いだったそうだ。

長い友人関係の中で、星奈と詩月が喧嘩することは幾度もあった。だけど面と向かって口論し、言いたいことを言い合い、スッキリ解決してすぐに仲直りしてきたのだ。

それが今回、初めて詩月に避けられるような行動を取られ、星奈は多大なるショックを受けた。

こんな怒り方をする詩月は初めてで、どうしたらいいかわからないという。

星奈の桜色に塗られた爪が、ぎゅっと掌に食い込む。

「私が誓いを破って、詩月ちゃんを裏切ったから……もう私に呆れて、嫌いになっちゃったのかも」

「裏切るって……」

すぐに植物と繋《つな》げてしまうみどりの脳は、『ゲッケイジュ』を思い出す。

別名『ローリエ』とも呼ばれる木は、葉に芳香があり香辛料としても親しまれているが、花の花言葉が『裏切り』なのだ。

「だって実際に、私は抜け駆けしちゃったようなものだし……」

じわりと目に涙を溜めた星奈は、途方に暮れた子供のようだ。

(詩月さんの怒っている原因って、本当にそこなのかな？)

みどりが疑問を抱いている間にも、星奈は耐え切れなくなったらしい。カウンターテーブルにポタポタと涙の跡ができていく。

「ヤダよ、ヤダ！　嫌われるとか絶対にムリ……！　恋人か詩月ちゃんか選べって言われたら、私はたぶん恋人と別れてでも詩月ちゃんを取る！　彼とは本気で結婚したいし、一緒にもいたいよ？　でも、詩月ちゃんはなにがあっても失いたくないの！」

わんわん喚《わめ》く姿は、完全に子供返りしている。どれほど星奈にとって、詩月の存在が必要不可欠で大きいか、みどりは友情の深さを思い知らされた。

このままだと星奈は先走って、本気で結婚予定の恋人に破局を申し渡しそうだ。それくらいの暴走っぷりである。

「お、落ち着いてくださいさい、星奈さん！　こちらのお茶でも飲んで！」

みどりは固まっていた手を再び動かし、ガラス製の透明なティーセットを星奈の前に並べた。

お冷やのミントとはまた違う、温かいハーブティーに使われているハーブは、カモミールとレモンバーベナ。どちらも香りがよく、鎮静効果にも優れている。

「みどりの言うとおり、まずはお茶をどうぞ。それからデザートも召し上がってください。一度気持ちをリセットしましょう」

「う、うん……」

星奈は自分のハンカチで、ウサギみたいになった目元を拭くと、持ち手まで透明仕様のカップを手に取った。

一口啜り、へにょりと相好を崩す。

「じんわり癒されるよ……店長さんの淹れてくれるハーブティー、やっぱりいいよね。こっちの白いデザートはなんだっけ？」

「そちらはブランマンジェですね」

縁にレースを象《かたど》ったような皿の上では、台形の真っ白な塊がプルプル揺れている。そこに鮮やかな黄色のソースがかかり、切った瑞々《みずみず》しい甘夏も添えられていた。

「ブランマンジェはフランス語で、そのまま『白い食べ物』という意味です。アーモンドの風味がお洒落な冷菓ですよ。サラダにも使用した甘夏は疲労回復の効果があるので、詩月さんとのことで気を揉み、お疲れの星奈さんにちょうどよいかと」

黄色いソースの正体も、甘夏とグラニュー糖を煮て作られたものだ。星奈はブランマンジェをスプーンで大きく掬うと、大胆に口へ放り込んだ。

ゆっくり咀嚼し、涙の水滴が残る睫毛をパチパチと瞬かせる。

「スッキリ食べられるのに、ほんのり甘くて美味しい……！　春と初夏を同時に感じる味っていうか、食べやすさも最高！　無限にいけそう！」

よほどお気に召したのか、いつもの食レポも復活している。

星奈は箱庭レストランの料理はもちろん、デザートをとりわけ好んでいるのだ。

彼女はどんどん、ブランマンジェを小さな塊にしていったが、最後の一口を前にしてポツリと零す。

「詩月ちゃんと食べたかったな……」

それは切実な響きだった。

ふと、みどりは妙案を思いつく。

実咲に伝えようとするも、彼も同じ考えだったようで、厨房から出てきて「星奈さん」と改まって声をかけた。

「今日つい先ほど、うちで話が出たばかりなんですが……あちらのケーキスタンドはご覧になりましたか？」

「ん？　うん、見たよ。綺麗だなって」

実咲の指差す中央のテーブルには、春文より贈られた、森のお茶会風なケーキスタンドが変わらず佇んでいる。落ち込んで来店しても新しい物に目がない星奈は、きちんと目でチェックしていたようだ。

「実はうちで、今度アフタヌーンティーも始めてみようかと考えておりまして」

「えっ！　素敵！　絶対予約する！」

星奈は予想どおりの食いつきだ。

実咲はにっこり微笑んで、本格的な開始の前に、常連さん向けに試食会を開きたいと説明する。

「試食会は早くて五月の頭頃になるかと思いますが、予定が合えばそちらに、星奈さんと詩月さんをご招待したいな、と」

「わ、私と詩月ちゃんを？　でも……」

「詩月さんには、俺のほうからお電話をして聞いてみますよ。少々お節介かもしれませんが、第三者の介入が必要な〝喧嘩〟だってあるでしょう？」

つまりはアフタヌーンティーを、ふたりの話し合いの場として設けたらどうか、ということだ。

実咲から提案すれば、詩月もその胸の内はどうあれ受けるだろう……と、みどりは確信があった。実咲はなんやかんや、人を丸め込むのが抜群にうまい。

「じゃ、じゃあ……お願いします」

「はい。また明確な開催日時などは、のちのちご相談できたら」

そうして星奈は、最後の一口になったブランマンジェを食べ終えると、サッとお会計を済ませた。

来店時より彼女の背負う暗雲は晴れたものの、まだ不安そうな顔をしているため、みどりは「うちの癒し枠にも、起きていたらお見送り頼みますね！」と、はーちゃんをケージごと二階から連れてきた。

時刻はいつの間にか夕方。

バッチリ目覚めていたはーちゃんは、「キュイーキュイー」と元気に滑車を回していた。その様子に、星奈は「もう、はーちゃんは本当に可愛いなあ」と笑い、最後に元気をもらったようだ。

みどりたちに深く頭を下げて、箱庭を去っていった。

「さっそく、試食会の実地が決まったね」

「おふたりがそこで仲直りできるといいよね……」

お客様がいなくなったところで、実咲とみどりはカウンターの片付けを始める。短い出番を終えたはーちゃんは、まだまだ絶好調でカラカラ滑車を回し中だ。

「ところでさ……みどりはもし誰かと結婚するなら、結婚式は挙げたい派？　それとも潤の先輩さんみたいな派かな？」

「えっ!?　私!?」

カウンターを拭き終えたところで、実咲にサラリと投げられた問いに、みどりは過剰に肩を跳ねさせる。

ただの他愛のない話題振りだとはわかっていても、意識するなと言うほうが無理だ。そのお相手の〝誰か〟は、みどりは実咲がいいのだから。

「結婚式は……私はしたい派、かな。タキシードのみさ……お、お相手と並んで、白いウェディングドレスを着て、みんなにお祝いしてもらったら、その、嬉しいし……っ！」

しどろもどろになりながらも答えれば、実咲はふむと頷く。「参考までに覚えておくね」と真剣な顔で言われたが、みどりは首を傾げるばかりだ。

そんなちぐはぐなふたりを、滑車を止めたはーちゃんは「キュイ！」とひと鳴きして見守っていた。

＊　＊　＊

緑風が吹く、五月の最初の週末。

アフタヌーンティーの試食会は、箱庭レストランで無事に開催された。

「──お待ちしておりました、星奈さん。詩月さんは先にいらっしゃって、コンサバトリーのほうにおられますよ」

「う、うん」

長い内巻きの髪とタンポポ色のロングスカートを靡《なび》かせ、午後三時のティータイムに、星奈は来店した。バッグは前回と同じ『melody＝ribbon』のものだ。

実咲に出迎えられた彼女は、いかにも緊張した面持ちだった。

本日まで結局、詩月とはろくに言葉を交わせず、ふたりの仲は平行線のままらしい。

動きが心なしか硬い星奈を、みどりは促してコンサバトリーまで連れて行く。

「あ……」

星奈が小さく息を呑む。

詩月は薄紫の半袖ニットに細身のパンツスタイルで、足を組んで椅子に座り、丸テーブルで頬杖をついていた。ショートカットの黒髪から覗く大振りのピアスを、ガラスの天井越しに差す光が照らしている。

詩月はさすが、大手アパレル会社のエリアマネージャーを務めるだけあって、見るからに隙のない有能そうな女性だ。

「ひ、久しぶり、詩月ちゃん……あの……」

「……久しぶり」

詩月は向かいに座った星奈に挨拶は返すも、一瞥しただけでその目が合うことはなかった。詩月の視線はすぐ、『サンスベリア』の鉢のほうへと逸らされる。

コンサバトリー内の植物の中でも、異彩を放つ中鉢のサンスベリアは、斑《まだら》模様のついた鋭い葉たちが固まって、剣のように上へと伸びている。そのツンツンした姿は、今の詩月にも重なるものがあった。

（やっぱり星奈さんの言うとおり、詩月さんは怒っているのかな……）

しーんと落ちた息が詰まるような沈黙に、みどりもソワソワするが、ここはなんとか場を取り繕わなくてはいけない。

「で、では！　本日はまず、この中からお飲み物をお選び頂けますが、どちらになさいますか？」

努めて明るい接客で、みどりはハガキサイズのドリンクメニューを差し出す。隅にはティーカップからひょっこり顔を出す、ハリネズミのイラストも添えられていた。もちろん、はーちゃんがモデルである。

イラストも含めて色鉛筆で描かれたメニューは、今日のためにみどりが用意したお手製だ。

通常だとすべて実咲によるお任せコースだが、今回はアフタヌーンティーということで、多様なお菓子たちに合わせ、飲み物は選べる仕様にした。

料金内でどれでもお代わり自由。

種類はコーヒーか紅茶かハーブティー。紅茶の中にもストレートとフルーツティーがあり、ハーブティーは日替わりブレンドである。

「じゃあ私は……」

「そうね、一杯目は……」

星奈と詩月は「フルーツティーで」と声をハモらせた。

いつかの「金のなる木」と答えた時のような、見事なユニゾンっぷりに、みどりは内心で「おおっ」となる。

「し、詩月ちゃんもフルーツティー？　き、気になるよね、どんなお茶か！」

「……まあね」

まだ気まずさは漂うものの、若干でも空気が解れたところで、みどりは急ピッチでふたり分の温かいフルーツティーを運んできた。

ガラス製の透明なポットの中では、紅茶の海に様々なドライフルーツが沈んでいる。キウイ、パイナップル、オレンジ、マンゴー……見目も華やかだ。

またしても同じタイミングで、星奈と詩月は「わあっ！」と歓声を挙げた。

「なんか果物が宝石みたいに見えるかも！」

「ドライフルーツって美容や健康にいいのよね、聞いたことあるわ」

「お茶で飲んでも美味しいし、体にも効きますよ。特に実咲くんが淹れたこちらは、酸味と甘味のバランスが絶妙なんです。今注ぎますね！」

実咲の優雅な所作を頭でなぞりながら、みどりはふたつのカップに注いだ。先に口をつけた星奈が、その味に浸る。

「まさにフルーティー……」

「そりゃフルーツティーなんだから当たり前でしょ」

「そうだけどさ、本当にフルーティーなんだって！」

「はいはい、星奈はいつも抜けた食レポするわよね」

「私は思ったままを口にしているだけだし！　詩月ちゃんだって、けっこう適当な感想言うじゃん」

「失礼ね、私は……っ！」

いつもどおりの会話が普通に展開されていたが、ハッと、詩月は途中で不自然に押し黙る。どうにも苦い顔だ。つられて星奈も口を閉じた。

それでもまたもう一歩、ふたりの空気は解れたと言っていいだろう。

(この分ならちゃんと、話し合いまで持っていけそう)

みどりはよしよしと、密かにほくそ笑む。

ここで真打ちの登場だ。

「——お待たせ致しました」

カツンッと靴音を鳴らして、実咲がコンサバトリーに現れる。彼は色とりどりのスイーツを乗せた、三段のケーキスタンドを悠々と携えていた。

テーブルの真ん中をスタンドが陣取れば、空間まで一気に華やぐ。

星奈と詩月は「ヤバ……」「すご……」と語彙力を失くしている。

「名付けて『緑のアフタヌーンティー』です」

艶やかな黒髪を揺らして、実咲がにこやかに告げた。

スタンドの上から、小皿の一段目。

ちょこんとお座りしているのは、二匹の小さなハリネズミたちだ。『アニマルケーキ』というもので、土台のショートケーキで体を作り、クリームやチョコペンで顔などをデコレーションし、背中の針は黒いチョコスプレーで表現されている。

その愛くるしいケーキたちの隣には、前回の来店時に星奈が食べた『甘夏のブランマンジェ』が、小振りのカップに変わってふたつ置かれていた。

スイーツはどれも、食べやすいミニサイズでふたり分だ。

続いて中皿の二段目。

こちらには、『イチゴを練り込んだストロベリークッキー』、『ドライフルーツミックスを挟んだバターサンド』、『メロンのムースケーキ』、『しっとり焼き上げたスコーン』と、多様なラインナップがぎゅっと詰め込まれている。

特にスコーンは、アフタヌーンティーには欠かせない一品だ。合わせて食べるように、これまた英国発祥の濃厚なクロテッドクリームと、ブルーベリージャムも用意されている。

最後に大皿の三段目。

こちらはセイボリーとなっている。

セイボリーとは甘くない軽食で、塩気のあるスナックやフードのことを言う。今回は一口サイズの『ハム&レタスのサンドイッチ』と、『ベーコン&アスパラガスのキッシュ』だ。

そしてこのアフタヌーンティーが〝緑の〟と称すとおり、三段に渡るスイーツやセイボリーの周りには、ハーブの葉や食用花ことエディブルフラワーたちが、極々自然にちりばめられていた。

それらがまた、ケーキスタンドのデザインにマッチして趣がある。

「ど、どれから食べよう……あっ、その前に写真！　詩月ちゃん、写真撮らなきゃ！」

「この店、SNSに写真アップは禁止だったでしょう？」

「わかっているって！　詩月ちゃんと食べに来た記念用だよ！」

当たり前のように「詩月との記念」と言って、パシャパシャとスマホで撮り始めた星奈に、詩月は溜め息をついている。

ちなみにアフタヌーンティーは、下段から上段に向かって食べていくのがマナーとされているが、この場ではマナーは二の次。〝お客様のご自由に〟だ。

「あー、もう！　『はーちゃんケーキ』を食べるのは気が引ける……でも食べたい！」

「キッシュ、小さいのにサクサクで食べ応えあるわね」

「メロンムース、ふわっとしているのに贅沢な味がする！」

「スコーンはクリームとジャム、どっちもイケるわ。そのままでも、ほんのりした甘さが好みだし」

「甘夏のブランマンジェは何度食べても最高！」

しばらくふたりは、植物に囲まれた美味しいアフタヌーンティーを前に、気まずさなど忘れて満喫していた。

しかし……空になったフルーツティーを、日替わりブレンドのハーブティーにみどりが取り換えたところで、星奈はやっと心を決めたようだ。「ねぇ、詩月ちゃん」と、改まって名前を呼ぶ。

ピタリと、詩月もストロベリークッキーを齧ろうとしていた手を止めた。

「わ、私……詩月ちゃんにしっかり謝りたくて……！」

「なにを？」

「や、約束を破ったこと！　私が抜け駆けで結婚するから怒っているんだよね？　裏切るようなことして本当にごめん！　でも私……っ！」

「違う」

詩月はハッキリと、星奈の言葉を遮って否定する。

「親友が結婚するのに、裏切るだとか抜け駆けとか、心の狭いこと思うわけないでしょ。

むしろそんな斜め上の勘違いされていたことに、たった今キレそうなんだけど？」

「えっ⁉　あっ……そ、そうだよね……ごめんなさい！」

睨まれて萎縮《いしゅく》する星奈に、空いたティーセットをトレーに乗せたみどりは、「ですよね」とコッソリ嘆息する。

星奈も冷静であれば、詩月がそんな理由で怒るはずがないと、すぐにわかっただろう。結婚に後ろめたさがあったから、お門違いな思い込みをしてしまったのだ。

「でもそれなら、詩月ちゃんはなんで怒って……」

「……それは」

詩月はいったん心を落ち着かせるためか、ハーブティーを啜る。夏を先取りしたハイビスカスティーは、特に美容に効果がある。独特の酸味で、気分を変えるのにも最適だ。

一息ついて、詩月は渋面を作って口を開く。

「星奈が……結婚を考えるくらいの恋人ができたこと、ずっと私に黙っていたからでしょ」

ハキハキと話す彼女らしくなく、クッキーの代わりに渦巻く感情を噛み潰したように、ボソッと詩月はそう明かした。

星奈は弾かれたように顔を上げる。

「お、怒っていた理由ってそっち？　私が隠していたこと？」

「っ！　当たり前でしょっ！」

一転して、詩月は感情を露わにした。

もともとツリ目がちな目をさらにつり上げ、ケーキスタンド越しに星奈に食ってかかる。

「あんたが私にどうして黙っていたのかも、今理解したけどね！　だからって、長年なんでもかんでも打ち明け合っていた親友に、恋人できたことも知らなくて！　結婚報告はあんたのお兄さんから聞かされたのよ？　その時の私の気持ちがわかる？　私に真っ先に報告しなさいよ！　バカ！」

「詩月ちゃん……」

つまり……詩月は怒っているというより、拗《す》ねていたのだ。

親友の星奈がなにも知らせてくれなかったことに、強い寂しさを感じ、ふてくされていたと言ってもいい。

子供染みていると詩月も自覚しているのだろう、バツが悪そうではある。

クールな詩月のレアな一面に、星奈はきゅっと唇を引き結んで姿勢を正す。

「……やっぱり私が悪いことに変わりないよ、隠していてごめんね」

「さっきから謝りすぎ。……でも、私もいい年してだいぶ大人気《おとなげ》なかった。態度悪くしてごめん」

「あははっ、仕方ないって！　私たち、子供の頃から一緒にいるんだよ？　私も詩月ちゃんのことになると、幼い面が出ちゃうっていうか」

「普段から星奈は幼いとこ全開でしょ」

「あっ、酷い！」

ふたりは同時に笑って、デザートタイムを再開する。

もうわだかまりはすべて消化されたようで、コンサバトリー内には陽の光と共に、優しい雰囲気が満ちている。

「本当はね……私もずっと、詩月ちゃんに彼のことを聞いてほしかったの。話したいことは山ほどあるっていうか」

「まずは会わせなさいよ、どんな男かチェックするから」

「うん！　生まれたてのパンダみたいで可愛い人なの！」

「出た。あんた元カレのことも、うたた寝しているカバみたいなところに惚れたって、意味不明なこと言っていたわよね」

胡乱《うろん》げに半目になる詩月。星奈の頭の中は愉快な動物園のようだ。

そんな星奈は「あ、あとさ」とおずおず切り出す。

「け、結婚式で友人代表のスピーチは、詩月ちゃんに頼んでいい？」

「私以外、逆に誰に頼むっていうのよ」

フォークを持ってふんぞり返る詩月に、星奈は嬉しそうに「だよね」と言う。みどりはテーブルから一歩引いたところで、ふうと胸を撫で下ろした。

（おふたりの仲が元に戻ってよかった）

同時に……自分もきいろにもう、下手な気を遣うことは止めようと決めた。

実は先月に実咲から聞いた、潤に〝忘れられない人〟がいるという情報を、今日までみどりは伝えられずにいたのだ。楽しそうに潤への恋心を語るきいろに、水を差したくなくて……。

だけど伝えないほうが、のちに友人が傷つくことになるかもしれない。友人と変に拗らせないためにも、判断を間違っていけないと思い直せた。

（次に話す時には、黙っていたことを謝ってちゃんと言わなきゃ）

それできいろがどう感じて動くかは、きいろ次第だ。

「詩月さんと星奈さん、うまく話し合えた？」

「あ、実咲くん」

みどりがトレーを手にコンサバトリーから出たところで、様子を見に来たらしい実咲と鉢合わせする。

片手でみどりがOKサインを作れば、実咲も「一件落着だね」と同じサインを返した。

「アフタヌーンティーも好評みたいだし。月に何組か限定で、今の形式で本開催してみようか。次は夏に向けて、ウェディングパーティーの準備を始めなくちゃね」

「今回は私、飲み物のメニュー表しか作ってないし……パーティーはもっと働くね！」

「頼りにしているけど、無理はダメだよ」

やんわり釘を刺される。

実咲はやっぱり、対みどりには心配性で過保護だ。

「大丈夫だって！　箱庭レストランのために、私もたくさん頑張りたいし！」

「……みどりのそういう一生懸命なところに、俺はさ」

実咲はなにか言いかけて、だけど微笑むだけに留めた。

(俺は……なに!?)

うろたえるみどりの後ろでは、詩月と星奈の楽しそうな声が、ティータイムが終わるまで絶え間なく続いていた。

四皿　風邪引きとクコの実入り生姜粥

梅雨入りを迎えた六月の頭。

重く垂れ込んだ空から、冷たい雨がザアザアと降る中、みどりは空きビルの軒下で孤独に雨宿りをしていた。

すでに軽く濡れたあとで、眼鏡はハンカチで拭いても水滴が残る惨事。髪からはポタリと雫が落ちている。

「あー……やらかしちゃったな」

現時刻は午後四時過ぎ。

天気予報のとおり、雨は夕方から降ってきた。

大学の授業は朝から午後三時頃までで、今日はバイトもなく降る前に帰れると踏んだみどりは、横着して傘を持って出なかった。

けれど授業後に林太郎から連絡が来て、やっと腕時計の修理が終わったから……と、父の代わりにまた『針城時計店』に寄ることになった。

腕時計はどうやらパーツが破損していたらしく、そのパーツの取り寄せに時間がかかったらしい。

もういっそ買い替えたらどうかとは、みどりは林太郎に提案できなかった。

あの腕時計が、一年目の結婚記念日に、林太郎の妻にしてみどりの母である、土間皐《さ》月《つき》から贈られた物だと知ったからだ。

林太郎からは大きな花束を贈ったというのだから、みどりは我が親ながらお熱いことで……と無駄に照れ臭くなってしまった。

そんな思い出の腕時計を時之から預かり、その用事だけで帰宅すべきだったのだろう。だが時計店の入り口前にある、白と紫のトケイソウが美しく開花していて、みどりは本能に従って飛び付いてしまった。

トケイソウの話で時之と盛り上がり、四月に箱庭レストランへ時之が来店してくれた際のことなどもネタに、あれこれ会話していたら、すっかり時間が経っていた。

それでも、店を出る頃にはまだ雨雲はなかったのだ。

今のうちに帰らねばと足を急がせるも、そこからどんどん雲行きは怪しくなっていって、大通りを抜けたところでやられたわけである。

咄嗟《とっさ》に、近くの軒下に避難したのだ。

「こんなことなら、きいろから傘を一本借りておけばよかったなあ」

存外、用意周到な彼女は、折り畳み傘がバッグにあるのに、もう一本ビニール傘を持ってきてしまったと大学で笑い話にしていた。

そのきいろは今頃、初回無料のネイル体験に行っているのだったか。

——潤に関する情報を、遅れてきいろに伝えた結果。

みどりが危惧したように、きいろは恋に水を差されたなどと気を悪くすることもなく、「潤さんに〝忘れられない人〟？　そっか、教えてくれてありがと！」とあっけらかんとしていた。

それどころか「一途な面にますます惚れちゃう！」と熱量を増し、さらに潤のハートを射止めたくなったらしい。

今はジムにネイルに美容院と、自分磨きの段階だそうだ。

(私もきいろのアグレッシブなところ、見習わなきゃな)

実咲の好感度を上げるためなら、彼女のように自主的にもっと動くべきだろうか。

せめて簡単なネイルくらいなら……と、自分の白いだけの爪を眺めるのは、いっこうに雨が止まない現状からの逃避でもあった。

かれこれ、十五分近くここにいる。

傘をどこかで入手しようにも、コンビニやスーパーは遠い。

それならもういっそ、ずぶ濡れ覚悟でアパートまで走るか……と迷っていたところで、

「ん？　みどりちゃんじゃねぇか」と低い男性の声がした。

「あ、潤さん！」

顔を上げれば、きいろの想い人である潤が、逞《たくま》しい体を傘で守って立っていた。いつもよりキッチリめな、白シャツとスラックスを身に着けている。

そういえば彼の働くバーは、このあたりであったとみどりは思い出した。

「お久しぶりです。今からバーテンダーのお仕事ですか？」

潤は迫るウェディングパーティーのために、箱庭レストランにてちょくちょく実咲と打ち合わせしているようだが、みどりとは時間が合わず会えていなかった。

潤は「ああ」と首肯する。

「みどりちゃんはなんだ、雨宿り中みたいだな」

「はい、傘を忘れてしまって……」

「家はどこだ？　よかったら入っていくか？　仕事まではまだ時間あるし、送るぜ」

「いいんですか!?」

みどりは一度飛び付くも「あ、でも……」と、すぐに遠慮が顔を出す。緊急事態とはいえ、潤と相合傘になってしまうなど、きいろに悪い気がした。

戸惑うみどりに、潤はなにやらピンと来たらしい。

「はーん……俺と相合傘なんてして、実咲が怒るんじゃないかと不安なんだな？　まあ、知ったら百パーセント笑顔でキレるだろうが」

「み、実咲くん？　いや、ちがっ……」

「黙っておけばバレねぇよ。ほら、入りな」

気にしていたのは実咲ではなくきいろのことだったのだが、傘を傾けてくれる潤に、みどりは素直に世話になることにした。

きいろならきっと、羨ましがっても妙な邪推はしないだろう。

「すみません、お願いします」

「おう」

大きな黒い傘は、みどりが入っても余裕があった。水溜りができたアスファルトの上を、ふたりで歩き出す。

雨音しかない無言だったら、みどりとしても辛《つら》いところだったが、そこは気遣いのできるお喋り好きな潤だ。すぐに「ちょうどさ、みどりちゃんからアドバイスをもらいたいことがあったんだ」と、話題を提供してくれる。

「私からアドバイスですか？」

「結婚する先輩が、みどりちゃんと同じ植物好きだって前に話しただろう？　個人的に結婚祝いには、観葉植物でも贈ろうかと考えていてさ」

「それは素晴らしい案ですね……！」

得意分野な相談事に、みどりの脳内では一気に観葉植物のラインナップが躍る。あれもこれも捨てがたいが、とりわけオススメのものを選んでみる。

「例えば『ウンベラータ』はどうでしょうか？　箱庭レストランの入り口横にもあるんですが、ハート型の葉から『夫婦愛』なんて花言葉があるんですよ！」

「へえ、あのでかい観葉植物にはそんな意味があるんだな」

「あとは『コルジリネ』とか？　赤や黄色の葉を放射状に伸ばすんですけど、南国風でインテリアにも向きますよ。しかも魔除けの力があるって言われていて、花言葉も『幸福な交際』です！　ツル系なら『アイビー』もいいですね。見た目が爽やかですし、壁や天井に吊るせば場所も取りません！　こちらの花言葉は『永遠の愛』です！」

「ウンベラータ、コルジリネ、アイビーな。ふむ……」

しばし検討したものの、潤には懸念点があるようだ。

「挙げてもらって悪いんだがな、そのあたりってわりと俺でも聞いたことがあるくらいメジャーじゃないか？　植物好きな幹子《みきこ》先輩は持っていそうなんだよな」

「ああ……それもそうですね」

そこは盲点であった。

メジャーすぎず、だけど贈り物に向きそうな観葉植物を、みどりは歩きながらピックアップし直す。

「『ザミオクルカス・ザミフォーリア』とか……？」

「なんだそれ、呪文か？」

名前に対する潤の第一印象に、みどりはプッと吹き出す。みどりも初見は同じ感想を抱いたからだ。

正確には植物名は『ザミオクルカス』の部分で、『ザミフォーリア』は品種名である。

ザミオクルカスは光沢のある葉を持つサトイモ科の植物で、新しい芽が出る時は葉が固く閉じたまま大きくなり、一気に開くという変わった特徴がある。

花言葉は『輝く未来』だ。

「へえ、いいじゃないかそれ」

「ですよね！　ぜひぜひ、ザミちゃんと覚えて頂ければ……」

「ザミちゃんね、ＯＫ！　助かったぜ！　親父に聞いてもよかったんだが、やっぱり女性に贈るなら女の子に聞きたいしな」

潤の父親は庭師であり、実は『緑の家』の庭の管理も定期的に行っている。潤と実咲の繋がりは、そういうところからも形成されていた。

「それにしても……みどりちゃんは本当に詳しいな。将来は実咲の嫁さんになる以外に、植物関係の仕事には就かないのか？　親父みたいな造園業とかグリーンコーディネーターとか、いろいろあるじゃないか」

「い、いやいやいや！　まずなんで、実咲くんのお嫁さんが前提なんですか!?」

傘の下でみどりのツッコミが反響する。

潤はしれっと「実咲がみどりちゃんを逃がすわけねぇんだから、ゆくゆくはそうだろ」とか断定しているが、意味がわからない。

（ちょっと前から〝お嫁さん〟とか〝結婚〟とか、やたらそんな話ばかり……）

梅雨の今は俗に言う、ジューンブライドの季節だが、そんな予定もないみどりばかりが意識させられる。

コホンと、気を取り直して咳払《せきばら》いをした。

「……将来のことは、まだ曖昧で。大学で経済学部に入ったのも、単に受験しやすかっただけなんです。植物を専門的に学べるところも興味はありましたが、どの学校も遠いし、地元を離れる気にはなれなくて」

それは、父ひとりを残して行きづらかったという点もあるが、この地に実咲への未練があった点も大きい。

奇跡的に再会できたのだから、地元を離れず正解だったと密かにみどりは思う。

「まあ、そんなもんかもな。きいろちゃんも、通っている大学について似たようなこと言っていたし」

「あの……ええっと、潤さんってきいろのことは、その……」

「天真爛漫ないい子だよな。バーにもよく来てくれるけど、裏表とかもなくて」

「そ、そうなんですよ！」

潤からのきいろへの評価が聞けて、みどりは高評価なことに安堵する。ここぞとばかりに「オマケにきいろは友達想いで、あれでけっこう人の細かいところをよく見ていまして……！」とアピールもしておいた。

けれども潤は、横を傘差し運転の自転車が通ったところで苦笑交じりに言う。

「だからきいろちゃんは、俺みたいな中途半端な恋愛しかできない奴より、誠実な男を見つけたほうがいいと思うぜ」

「中途半端な恋愛って……」

みどりは立ち止まりかけたが、必然的に潤の足も止めてしまうことになるので、少しよろけながらも進んだ。

見上げた潤の男前な横顔からは、やはり感情が読み取り難い。

以前は深入りしないでおいたが、みどりは勢いで切り込んでみることにした。

「潤さんがそんなことを言うのは、その……〝忘れられない人〟がいるからですか？　その方が、ご結婚する先輩さんなんじゃ……」

「気障《きざ》な言い回しだな、それ。発信元は実咲か？」

「み、実咲くんは私が聞いたから、ちょっと答えてくれただけで！　先輩さんなんじゃないかっていうのは、ただの私の推測というか……！　余計な質問をしてすみません！」

実咲のフォローをしつつ、みどりがすぐさま小さくなって謝罪すれば、潤はおかしそうにする。

「そんな萎縮しなくていいぜ、推測も当たっているしな」

「じゃあ、やっぱり先輩さんが……」

「ただの学生時代の淡い思い出ってやつだ。みどりちゃんが知りたいっていうなら、傘貸すついでに話してやるよ」

潤は軽妙な口調で、彼いわく高校生の頃の〝淡い思い出〟を語る。

勢いを増す雨音にも負けず、よく通る低い声にみどりも耳を傾けた。

＊＊＊

潤がまだ深緑のブレザー制服を着ていた、高校一年生の時。

ある夏の日の放課後。

美術部に入ってから三か月ほど経ったが、もとより少ない活動日で、その日も部活はなく、潤は同級生たちと下校しようとしていた。

バスケ部の彼等も珍しく顧問の都合により休みで、これから他校の女子たちと遊ぶ予定だとか。そこに潤も誘われ、暇だったため乗った。

要は合コンのようなもので、青春を謳歌するためにもカノジョを作ろうというのが彼等の目的だ。潤も最近年下のカノジョとは、互いにノリで付き合うも齟齬《そご》が生じて別れたところだったため、まあいいかという軽い気分だった。

なお、親友の実咲にも潤から声をかけたが、「委員会があるから無理」とすげなく断られた。

（アイツ、俺よりモテるくせになあ。実咲が骨抜きになる女子なんて、そのうち現れるのかね？）

人当たりはいいくせに、その実は淡白な親友にいらぬお節介をしつつ、潤は下駄箱で靴を履き替えようとした。

「あ、やべっ！　課題のプリントを教室に忘れたわ」

しかしスニーカーを履く一歩手前で、重要なミスに気付く。くるりと踵《きびす》を返す潤を、友人たちは「おいおい、しっかりしろよ」「待っていてやるから、さっさと取ってこーい」と気安く見送った。

「はー……あったあった、よかった。未提出だとさらに課題増やされるからな」

そうして潤は無事に教室でプリントを入手し、再び昇降口を目指して廊下を歩いた。行きとは道を変え、なんとなく美術室の前を通る。

そこで開いた廊下側の窓から、とある人物を目撃した。

「あれは、幹子先輩？」

いたのは、美術部部長の女生徒だった。

潤と違って純粋に芸術活動に勤しんでいる彼女は、部活のない日もこうして活動しているのか。筆を片手に、イーゼルに立てられたキャンバスの前に座っていた。

（先輩とは直接、まだあんまり話したことないんだよな……ん？）

思わず足を止めた潤は、次いで息を呑む。

茜色の光が真っ直ぐ差す、人気《ひとけ》のない美術室。

そんな空間で彼女はひとり、自分の描きかけの絵の前で泣いていたのだ。

(なんで、泣いて……)

手で拭うこともせず、淡々と涙を落とす彼女の周りだけ、まるで別の時間が流れているようだった。夕陽を受ける頬の雫は、線香花火の火玉のようでもあった。

しっかり者で皆に慕われている部長の意外な姿に、潤は不意を突かれ、思いがけず魅入ってしまった。

(描いているのは、花の絵か？)

遠目でもなんとなく、それは確認できた。

適当に美術部を選んだ潤には、絵の善し悪しなどはわからない。だけど幹子の描く植物の水彩画は、何点か見たことがあるが、儚《はかな》くて綺麗だと惹かれていた。

だけど……この時初めて、絵だけでなく幹子の存在を、潤は強く意識した。

友人を待たせているため、その場は声もかけずに去ったが、合コンでは気もそぞろで他校の女子たちの不興を買ってしまった。

寝ても覚めても、幹子の泣き顔が瞼の裏から離れなかった。

＊＊＊

「あれからどうしても気になって、先輩が題材にした草花についても調べたんだ。なにか意味があるんじゃないかってな。花だと『リナリア』、『アネモネ』、黄色の『チューリップ』に黄色の『スイセン』……あとは観葉植物の『コリウス』だったか。みどりちゃんなら、これらの共通点がわかるか？」

「えっと、全部……花言葉が切ない恋のメッセージですね」

リナリアは『この恋に気付いて』、スイセンは『愛に応えて』、アネモネは『恋の苦しみ』、黄色いチューリップは『望みのない恋』。

コリウスはカラーリーフの代表格で、花壇に彩りを加える立役者でもある植物だ。こちらも花言葉は『かなわぬ恋』。

潤は「さすがだな」と、おどけて傘をクルリと回す。

潤は草花に秘められた意味を知り、後日になって泣いていたわけを直球で幹子に尋ねた。幹子は泣き顔を見られたことに動揺するも、相談相手がもとより欲しかったのか、潤にありのままを打ち明けた。

「みどりちゃんにも前に話したとおり……幹子先輩はガキの頃からずっと、絵画教室の先生に想いを寄せていたんだ」

「……話していましたね」

「俺は直接会ったことはねぇが、その先生の描く絵と穏やかな人柄に惚れて、自分も筆を取ったって。でも先生は芸術一筋で、恋も結婚も興味なし。そうでなくとも十も歳が離れていれば、幹子先輩は一番弟子として可愛がられてはいても、恋愛対象としてなんて見なされないだろうな」

その報われない恋を嘆きたくなる度、彼女は植物の絵を描いて消化させていたという。

(幹子さんの気持ち……私は共感できる、かも)

みどりだって、実咲に子供扱いをされているなと感じると、己の抱える恋情との差に悲しくなってしまう。それでも諦められないから、ふと苦しくもなる。

どうやったら彼にも、同じ気持ちを返してもらえるのか。

悩んで右往左往している、昔も今も。

(幹子さんと先生の関係を、私と実咲くんみたいだって潤さんが言っていたの……そのままだったんだな)

しかしながら、幹子の恋の相談役になって、人知れず辛い想いをしていたのはきっと潤だ。

潤だって間違いなく、幹子に恋をしていた。

だけど先生を想う幹子のために、「先輩なら大丈夫だって」「もともと長期戦覚悟なんだろ？」「絵を描いて消化するのもいいが、もっと積極的に迫ってみたらどうだ」と、時にアドバイスまでして、彼女の卒業まで寄り添い続けたそうなのだ。

己の胸の内は、最後までおくびにも出さず……。

そして幹子はこの度、長年の片想いをついに叶えて、先生と結婚する。

潤の働くバーで再会した幹子は、それはそれは幸せそうに潤に報告したらしい。潤も当然、笑顔で祝福した。

「……あの、潤さんはそれでいいんですか？」

すべて聞き終えると同時に、みどりのアパートへと到着した。雨は激しいまま、止む兆しはない。

みどりは問いを投げかけながらも、潤のひっそり咲いて枯れさせ、供養までひとりで済ませようとする静かな恋に、心臓がきゅっと絞られるようだった。

当時の実咲は、この潤の事情を多少なりとも把握していたのか。

あまりに潤が報われない気がして、案じるのは余計なお世話だろうか。

「いいも悪いもねぇよ、先輩は見事に先生とゴールインで、最高にめでたいことだ。本気で祝うつもりじゃなきゃ、ウェディングパーティーの企画とかしないしな」

「でも……」

「……なんて、いい男ぶってみたけど、ちょっと後悔はあるんだ。今さら告白なんざ絶対しないが、学生時代のあの時なら、試しに口にしてみてもよかったんじゃねぇかって」

そうすれば、一度は確実にフラれても、幹子が潤を異性として見る可能性もあった。現在の未来も変わっていたかもしれない。

詰まるところ潤は、まだ学生の時に感情が止まったまま。

どこかで幹子への想いを捨て切れずにいるのだろう。

「だからみどりちゃんは、後悔しないようにな」

そう言って潤は、みどりの肩をポンポンと叩くと、雨に煙る町へとまた消えていった。

アパートの軒下で、みどりはしばし立ち竦む。

(……針城さんにも、同じこと言われたな)

「後悔しないように」

その言葉を受けてみどりは、〝ある決意〟をしたはずだ。

けれどもまさか、潤がそんな切ない恋を抱えていて、彼にまで同じ忠告をされるとは思わなかった。

「誰かを想うって……難しいな」

ポツリと落とした呟きは、雨粒に混ざって地面に吸い込まれた。

そこでブルッと、嫌な寒さが全身に走って、みどりはバタバタと二階の部屋へ駆け込んだのだった。

＊　＊　＊

ピピピッと、役目をまっとうした体温計がジャッジを下す。

三十七度八分。

熱があるかないかで言えば、判定は完全に〝ある〟だ。だけどこれでもまだ、みどりの熱は下がったほうである。

「こんな……完全にダウンすることになるなんて……」

体温計をサイドテーブルに置いて、気怠い体をボフンッとベッドに埋める。

大雨の中、潤に送られて帰宅した翌日の今日——みどりは酷い風邪を引いてしまった。

潤の傘に入れてもらったおかげで、辛うじてびしょ濡れは免れても、雨宿り前からすでに雨の被害には遭っていたのだ。ついでに潤の秘めた恋について煩悶していたら、ちっとも眠れなかった。体調を崩す条件は十分揃っていたと言える。

朝起きて悪寒が走り、熱を測ればその時点では三十八度以上。

ひえっと悲鳴が漏れた。

自覚すれば一気に体温は上がってきて、倦怠感に頭痛、咳と喉の痛みに襲われ、さすがに大学とバイトはお休みすることにした。

きいろにメッセージを入れたら『あとでお見舞い行くよ！』と返ってきて、実咲のほうには仕事のことなので電話で伝えたら、『安静にするんだよ』と十回以上は言われて死ぬほど心配された。

それからなんとか、もそもそ菓子パンを食べて市販の風邪薬を飲んだ。

こんこんと眠り続けて、やっと起きた現時刻は午後二時半。

食欲も多少戻ってきたので、なにか菓子パンより体にいい物を食べてから、もう一眠りしたいところだが……あいにくとまともな食糧がない。

さすがに買い出しは体力・気力的に無理そうだ。

「頼みたくてもお父さんは仕事だし、日下部さんも今日はお休みだったよね……コホッ」

ケホケホと咳を漏らす。

もう食事は諦めて、眠って治してからのほうがよさそうだ。みどりは再び布団に潜って、目を瞑《つぶ》った……その時だった。

ピンポーンと、チャイムの音が耳に届く。

どうやら来客らしい。

「きいろかな……？」

大学の講義後に、宣言どおりお見舞いに来てくれたのかもしれない。もぞっと潜ったばかりの布団から這い出て、みどりは眼鏡をかけた。

雲の上を歩くようなふわふわした足取りで、玄関扉へと向かう。手狭なワンルームなので、ベッドから玄関はすぐそこだが、今はいやに遠く感じてしまう。

「すぐ開けるね……」

熱に浮かされた頭では、来客はきいろだと信じて、無用心なことに確認などせず鍵を外す。

しかし――そこにいたのは友人ではなかった。

「っと、ビックリした。相手を見ずに開けちゃダメだよ、みどり」

「……実咲くん？」

トートバッグを肩に提げて立つ実咲は、モカカラーのシャツに、細身の黒スキニーを穿《は》いたカジュアルな格好をしていた。

滅多にお目にかかれない私服姿の実咲に、みどりは状況も忘れて心奪われる。

エプロンもスーツもいいが、これもこれで趣深い。

「みどり……？　やっぱり熱が高い？」

「あっ！　う、ううん、朝よりは下がったし！」

ぽうっと魂が抜けていたら、不安そうにこちらを見つめる実咲の視線に、現実へと引き戻される。

熱による幻覚かとも疑ったが、実咲は本物だった。

（……って、私ってば今、実咲くんに見せられる格好じゃなくない⁉）

ハッと気付いて、ひとりでワタワタと挙動不審になる。

シンプルファッションながらモデル並みの実咲を前にして、よれたルームワンピースに寝起きでむくんだ顔、寝癖のついたボサボサの髪とは、あまりに酷い。

「ご、ごめんね！　こんな見苦しい姿で、その！」

「休養していたんだから気にしないで。こちらこそ急に来てごめんね。連絡入れたんだけど、反応がなかったから」

「れ、連絡……？」

そういえば朝以来、ずっとスマホを放置していた。

実咲はちゃんとこちらを訪ねる旨を、みどりにメッセージで送ってくれていたらしい。

このアパートの場所は、夜中に何度か送ってもらって実咲も知っていたので、わざわざレストラン営業の合間に来てくれたようだ。

「あとね、さっきここの部屋の前で、みどりのお友達にバッタリ会ったんだけど……俺から渡しておいてって、コレも預かったんだ」

「友達って……きいろ？」

「そう、きいろちゃん」

実咲の手にはビニール袋も握られていた。

偶然、実咲ときいろのお見舞いのタイミングが被ったようだが、そこは潤と同等か、それ以上のコミュニケーション能力を誇るきいろである。

初対面にも構わず、ガンガン実咲に話しかけてきたそうだ。

「え、え、えっ!?　もしかしてもしかして、みどりのバイト先の店長さんですか？　うわぁ、やっぱり！　前情報どおりのイケメン！　潤さんクラス！　あ、私はみどりの大学の友達で、小日向きいろっていいます！　実咲さんもみどりのお見舞いですか？　わあっ、奇遇！　それなら実咲さんからコレ、よかったらみどりに渡しておいてください！　邪魔者はさっさと退散しまっす！」

……などと、テンション高く捲《まく》し立てて、ビニール袋を押し付けてからきいろは嵐のように去っていったという。

「潤に惚れているお友達っていうのも、きいろちゃんのことかな？　勢いに押されて連絡先も交換したよ。面白い子だね」

「きいろは……向かうところ敵なしというか……」

「それに友達想いのいい子だ、ほら」

実咲に差し出された袋の中身を、みどりは受け取って覗く。

ミネラルウォーターのペットボトルとのど飴が入っていて、ノートの切れ端に『単位落とさないよう、早く回復するように！』と走り書きされたメモもあった。みどりはその気遣いに、じんわり感激する。

(単位が危ないのは、どちらかというときいろだけどね)

クスリと笑みを零すみどりに、実咲は「俺からも渡したいものがあるんだ」と、黒いトートバッグの紐を引いた。

「お粥とゼリーを作ってきたんだけど、お粥は温めるのとは別に、仕上げはその場で俺がやりたくて……みどりが嫌じゃないなら、台所を借りてもいいかな？」

「えっ！」

「それが終わったらすぐ帰るよ。もちろん、みどりが嫌ならお粥と仕上げの材料だけ渡すけど……」

「い、嫌じゃない！　嫌じゃないよ！」

ブンブンとみどりは首を横に振る。

いや、本音を明かすなら、掃除もしていない汚い部屋を、実咲に晒すことに戸惑いはあった。しかしながら、きいろだってわざわざアシストしてくれたのだ。ここで遠慮するほうがもったいない気がした。

(実咲くんの手で仕上げてくれた、完璧なお粥も食べたいし……！)

食欲にも従って、みどりは「どうぞ！」と体をズラす。なぜかホッとした顔で、実咲は「お邪魔します」と靴を脱いだ。

「皿や包丁は使わせてもらうね。みどりは寝ていて」

「う、うん」

おとなしく眼鏡を外して、おずおずベッドに入る。

位置的に、台所にいる実咲の背を見守る形になった。トートバッグからタッパーを取り出して、テキパキ動く彼にキュンキュンときめいてしまう。

(実咲くんが私の部屋にいる事実だけでもヤバいのに、料理するところ……昔からやっぱりカッコイイ……)

熱い溜め息が出るのは、なにも熱のせいではないだろう。

しばらく寝たふりをして、みどりは実咲鑑賞会をこっそり楽しんでいたが、やがて彼がお盆を持ってやってくる。

「お待たせ致しました――『三つ葉とクコの実入りの生姜粥』と、『サクランボのゼリー』です」

箱庭レストランで給仕をするみたく、恭しくお辞儀をする実咲。

小振りのどんぶりに盛られたお粥からは、ふわっとよい香りが漂い、みどりの鼻腔を擽った。透明なカップに収まるゼリーも、赤いサクランボがビー玉のようにキラキラと輝いている。

ゴクリと、みどりの喉が大きく鳴る。

「無理やり菓子パンを食べただけだから、めちゃめちゃお腹空いてきたよ……」

「それはよかった。じゃあほら、口開けて」

「じ、自分で食べられるって！」

当たり前のように実咲はしゃがみ込み、自分の膝にお盆を置いて、スプーンで掬ったお粥を差し向けてくる。

彼はこういう俗に言う「あーん」を、みどり相手にサラリとやってのけるのだ。

(子供の頃からの延長線でね……！)

みどりとしては複雑だし、単純に恥ずかしいので拒否をした。

すると実咲は「そっか……」と、明らかに端整な顔をしょんぼりさせるので、みどりは「ううっ、わかったよもう！」とアッサリ負けて口を開く。

勝敗がつくのは一瞬だった。

「普段よりゆっくり食べるんだよ？　味はどう？」

「美味しいです……」

生姜のおかげか体の芯がポカポカして、熱はあってもあまり出なかった汗が、程よくじわりと体に浮かぶ。ぐずぐずに溶けたご飯は、薄い塩味で食べやすい。そこにトッピングした三つ葉と、真っ赤なクコの実が絶妙なアクセントになっていた。

「『クコ』って、ナス科の低木だよね。このナッツみたいな実って、中華スープとか、杏仁豆腐とかの上によく乗っている……」

「そうそう、クコの実は『ゴジベリー』とも言うね。薬膳ではお馴染みで、鶏肉にも合うから前にメインのソテーで使ったんだ。『不老長寿の薬』になるなんて伝承もあって、滋養強壮にもいいよ」

解説しながらも、実咲はお粥をみどりの口にせっせと運ぶ。手際のいい甲斐甲斐しさだ。

結局、みどりは米の最後の一粒まで、実咲の手ずから丁寧に食べさせられた。雛鳥《ひなどり》にでもなった気分である。

さすがにゼリーはスプーンを奪わせてもらい、パクリと一口含む。

「んんっ！」

甘酸っぱいサクランボに目が覚める心地で、喉をツルリと通過するところもありがたい。

無心に手を動かしていれば、そばで実咲が「思ったより元気そうで安心したよ」と、ふんわり微笑んだ。

心の底から、みどりを案じてくれていたのだとわかる表情だ。

（ああ、好きだなぁ）

子供の頃から、何度となく想う。

幹子が先生を想い続けたように、潤が幹子を想い続けるように、途切れず色褪せない感情もあるのだと、みどりはしみじみとわからせられた。

「……ん、ゼリーも完食だね。食後に薬は飲むのかな？」

「あ、うん。あそこに市販薬が……」

ベッドから出ようとしたみどりを制して、実咲は棚から「これだね」と錠剤の薬瓶を取る。机に置いたビニール袋から、きいろが買ってくれたミネラルウォーターも手にして、一緒にみどりに渡してくれた。

至れり尽くせりだ。

「ごめんね、実咲くん……ここまでしてもらっちゃって」

「俺はみどりの看病を、したくてしているから。それに俺やきいろちゃん以外にも、みどりを心配する人はたくさんいるからね」

「そ、そうかな？」

残念ながらパッとみどりには思い当たらなかったが、実咲は指折り数えて教えてくれる。

「珍しく平日の昼に来ていた星奈さんと詩月さんは、みどりの体調不良を聞いて『お大事にね』って声を揃えていたよ。しつこくまた立ち寄った兄さんも、『それは大変だ』って眉をハの字にしていたし。誉様からも予約の電話がかかってきていて、話ついでに伝えれば、『私もお見舞いに行きたかったわ』って」

「皆さん……」

「うちの植物たちも、つられて元気がないように見えるな」

植物までは実咲の世辞だろうが、自分を気にかけてくれる人たちがいるというのは、なんともありがたいことだ。

お腹を満たして薬も飲んだことだし、みどりは一刻も早く風邪を治そうと決める。

病は気からだと、気持ちを引き締めるみどりのそばで、実咲は二種の鉢植えが置かれた棚のほうに、何気なく目を留めた。

「植物といえば……あのモンステラ、俺が昔あげたやつだったりする？　隣のワイルドストロベリーも……」

「わ、わかる？　あそこは実咲くんコーナーなの」

みどりの言い方がおかしかったのか、実咲は「俺コーナーってなに」と肩を震わせている。

長年大事にしてきたモンステラが、元気なのは当然のこと。ワイルドストロベリーも順調に育ち中で、葉はワサワサと大きくなってきていた。じきに可憐な白い花も咲くことだろう。

「みどりの手にかかれば、ストロベリーもちゃんと収穫できそうだね」

「あ……」

ドキリと、みどりの心臓が跳ねる。

ワイルドストロベリーの〝ジンクス〟に絡めた、〝ある決意〟のことが脳裏を過《よぎ》ったからだ。

「……どうしたの、もしかして眠い？　薬が効いてきたのかな」

急に押し黙ったみどりに、実咲は別方向の勘違いをしたらしい。彼はそっと、お盆を手に立ち上がる。

「食器を洗ったら、そろそろ俺はお暇するよ。あとは無理せず、寝て治すのが一番だろうから」

「え……ま、待って！　もう行っちゃうの？」

くいっと、みどりは実咲のモカカラーのシャツの端を摑《つか》んだ。実咲が驚いたように動きを止める。

腕が伸びたのは完全に無意識だった。

「ご、ごめん！　実咲くんはお店に戻らなきゃいけないのに……っ！」

また子供っぽい行動をしてしまったと、謝りながら慌てて離すも、実咲はなにやら深い深い溜め息をついている。

「あのさ……これでも俺って、けっこう今いろいろ我慢しているんだ。あまり理性を試す真似は止めてほしいな」

「が、我慢？　理性？」

「こっちの話」

ニッコリ爽やかに微笑み、実咲はみどりに向き直る。そしてずり落ちかけている布団を、手早く片手で直してくれた。

「店のことは気にしないで。今日はもう、このあとの予約はないよ。ランチで店仕舞い」

「そうなんだ……」

「ご要望なら洗い物をしてからも、少しだけいさせてもらおうかな」

なんだったら「少し」と言わず、みどりとしてはずっといてくれてもいいくらいだ。

そんな浮かれた思考になっているのは、実咲の言うとおり、薬が効いて眠くなってきているのかもしれない。「じゃあお願いします……」とボソボソ呟くみどりに対し、実咲は「了解」と頷いた。

（なんかちょっと……実咲くんと一緒に住んでいるみたい）

カチャカチャと、実咲が洗い物をするささやかな音を聞きながら、みどりは布団を被って想像に浸る。

実咲と「おはよう」から「おやすみ」までを共に過ごす。

それはまさしく、夢みたいな生活だ。

（ダメだ……眠く……）

引き留めておいて寝るなど、また実咲を困らせてしまう。

そう思うのに、起きろと自分を叱咤《しった》しながらも、みどりの瞼はロールカーテンを下に引くようにスルスルと落ちていく。

「みどり？　寝ちゃったの？」

実咲の声が遠くなる。

瞼が落ち切る前に、視界に捉えたのはワイルドストロベリーの瑞々しい葉だった。

――ワイルドストロベリーにはジンクスがある。

それは〝種から収穫までうまく育てれば、恋が実る〟というもの。

みどりは赤いストロベリーが実ったら……実咲に長年の想いを告白しようと、密かに決意していた。

五皿　初恋の実りと涙のウェディングケーキ

例年より長めの梅雨が明け、カレンダーは七月へと突入した。

気温は蒸し蒸しと暑い。

街行く人がすっかり夏仕様になったところで、本日のみどりは実咲とふたりで、街で一番大きなデパートへと赴いていた。

「欲しかった色が売っていてよかったね、実咲くん！」

「やっぱりここに来て正解だったな」

五階の量販店で買い物を済ませ、エスカレーターを目指して並んで歩く。

実咲が持つ紙バッグの中には、くるくると巻かれたテーブルクロスがあった。もうあと一週間後に迫る、幹子の結婚祝いパーティーで使用するため、平日の午後にこうして買い出しに来たのだ。

テーブルクロス以外にも、パーティーを飾るための小物も購入した。準備は着々と進んでいる。

「それにしても、みどりのパーティーへのアイディアは本当によかったよね。俺は思いつかなかったよ」

「な、なんとなく言ってみたら、実咲くんも潤さんもノッてくれたから……！　でもそのせいで、用意することが増えて申し訳なくもあって……」

「それは必要な手間ってやつだね。凝れば凝っただけ、いいパーティーになるよ」

「アフタヌーンティーのメニューも、どんどん凝っていきそうだもんね」

つい最近、箱庭レストランのアフタヌーンティーは本格始動したわけだが、月に数組しか受付けないプレミアム感もあいまってか、告知したお客様たちからは軒並み予約が殺到している。今は順番待ちの状態だ。

「誉様もお茶したがっていたよね。出張アフタヌーンティーもお願いしたいって」

「薔薇のお庭でやったら、すごくピッタリそう……」

レストランにいる時と変わらぬ会話を交わしつつ、アパレルショップが並ぶ通りをのんびりと歩いていたら、横を女子大生くらいの集団がすれ違う。

「……ねぇねぇ、今の人カッコよくなかった？」

「思った！　超イケメン！」

「私の彼氏と交換してほしいわ、マジで」

「休みの間にあのくらいのイケメン捕まえないとねー」

みどりの大学はまだだが、彼女たちはもう夏休みなのか。

きゃっきゃっとはしゃぐ彼女たちの声をキャッチして、みどりは「ううん」と複雑な心境になる。そのイケメンとは確実に実咲のことだろう。

(相変わらず人目を惹くなあ……夏服の実咲くんも素敵だし、仕方ないことだけど)

彼の本日のコーデは、全体的にダークトーンでまとめられている。グレーのTシャツに黒のサマージャケットを羽織り、黒のテーパードパンツで長い足をスッキリ見せていた。

みどり宅に先月お見舞いに来た際の、カジュアルなファッションもよく似合っていたが、こちらは大人の男性の魅力が全開だ。

(あの日は……起きたら実咲くんがまだいてくれて、一瞬パニックになったっけ)

寝惚けた頭では実咲を引き留めたことが抜けており、真っ先に飛び込んだ彼のご尊顔に、ベッドの上で叫んだものである。実咲はただ顔を近付けて起こそうとしてくれただけだが、確実に近所迷惑だった。

その後も世話を焼いてくれた実咲のおかげで、みどりの体調は次の日にはすっかり完全回復。きいろには「私のナイスアシストのおかげだね!」とからかわれた。

「次は三階のペットショップに寄って、はーちゃんの餌を買うとして……そのあとはどうする？」

「そのあと？」

下りのエスカレーターに乗ったところで、一段前にいる実咲が振り返ってみどりに尋ねた。量販店とペットショップで用事を済ませたら、もう解散だと思っていたみどりは瞳をパチクリさせる。

「今日はレストランも一日休業にしたし、みどりも大学の授業はないよね？　一階に雰囲気のいいカフェがあったから、たまには外で一服するのもいいかなって」

みどりは「カフェ！　一服したいです！」と、気張ってなぜか敬語で同意する。

まだ実咲といられるなんて、みどりとしては願ったり叶ったりだ。

（ただの買い出しついでだとはわかっていても、デートみたいで嬉しいし……！）

些細なことだろうが、恋愛免疫の低いみどりは舞い上がってしまう。

実のところ出かけることが決まってから、みどりもみどりでデートを意識しまくり、今日のファッションには気合いを入れていた。

雑誌も参考にして、上はライトブルーのシアーニットに、下はオフホワイトのワイドパンツ。髪はお団子でアップにした涼しげな夏仕様に加え、首には緑のパワーストーンが光るネックレスもつけた。

ネックレスは過去、小学校を卒業した折に実咲が贈ってくれたものだが、今使ってもチープにならないデザインなのがありがたい。

顔を合わせた時、実咲はネックレスにもファッションにもちゃんと反応をくれて、「よく似合っているね」と褒めてくれたので、結果は上々と言えるだろう。

「じゃあ、ペットショップのあとはカフェで決定かな」

「うん！」

実咲が「了解」と笑う。

それからエスカレーターは、予定どおり三階で降りた。

アクリルケージの中で騒ぐ小さな犬猫たちにお迎えされ、ハリネズミ用のバランスフードと、新しい床材を購入した。

床材はケージの底に敷くもので、ウッドチップやペットシーツなど種類はあるが、はーちゃんはクルミの殻を砕いたものがお気に入りだ。

荷物が少々増えて、今度は二階へ。

そこでカフェに直行するはずであったが、その途中でふと実咲が一軒の店を指差す。

「みどり、あそこって観葉植物のお店じゃない？」

「え？　わっ、本当だ……！」

グリーンが映える洒落たレイアウトの店に、みどりは目を輝かせる。

デパート内の一角なのでさほどスペースは大きくなく、その中で様々な観葉植物の他、アイアン調の雑貨や木製のインテリア用品がところ狭しと並んでいた。

植物の専門店というよりは、そちらも取り扱っているナチュラルテイストな雑貨店のようだ。

「寄っていく？　パーティーで使える物もありそうだし」

「うん、見たい！」

嬉々として即答したみどりに、実咲はフッと目尻を緩める。あいにくと興奮中なみどりは見逃したが、彼の目には慈愛がたっぷり籠っていた。

ふたりはそろって、デパートにある小さな庭のような店内に足を踏み入れる。

「凝った形の鉢植えとか、ガーデンピックもあるんだ！　『エアプランツ』も扱っているんだね」

エアプランツは、見た目はまるで作り物の葉っぱだ。

その実態は、熱帯から高山まで、様々な地域に生息する『着生植物』である。わかりやすい例だとコケ類がこれに当たり、他の木や岩などにくっついて成長する。水分は『エア』と名のつくとおり、空気中から葉で吸収する仕組みだ。

そのため土いらずで、飾り方は自由自在。種類も豊富で、こちらではトレーの上に置いたり、ガラス容器を用いてテラリウムにしたりして販売している。

(こういうお店を、ゆっくり巡るのも楽しいなあ……ん?)

心弾ませながら奥まで来たところで、みどりはレジ前で会計をしている、浅黒い肌の男性が目に留まる。

ハイビスカス柄の派手なアロハシャツを着た彼は、どこからどう見ても潤だ。

「おっ? そこにいるのは、実咲にみどりちゃんじゃん。ふたりきりでなんだ、デート中か?」

会計を終えた潤も気付き、なにやらラッピングされた中鉢を抱えて、みどりたちのもとへやってくる。

ニヤニヤからかおうとしてくる潤に、実咲はあからさまに嫌な顔をした。

「そうだよ、デート中。だから邪魔するな」

「ちょっ、実咲くん!?」

「はいはい、いつもおふたりは仲良しさんなことで」

冗談でも実咲が〝デート〟を肯定したことに、みどりは頬を染めてアワアワするも、当の実咲は冷ややかに潤を見据えるばかりだ。

肩を竦める潤は、どうやらひとりらしい。

一呼吸して落ち着いたみどりは、潤の持つ鉢に遅れて「あっ！」となる。

「もしかして、その植物って……」

「ご名答。前にみどりちゃんにオススメを教えてもらった、俺から先輩への結婚祝いの品だよ」

オレンジの不織布と、ゴールドのリボンで彩られた鉢からは、スッと伸びた茎につく光沢のある葉が、ひょっこりと顔を覗かせていた。サイズも手頃で、贈り物として見栄えも抜群だ。

「ザミオクルカスにしたんですね！　丈夫で管理もしやすいし、お部屋にも置きやすくてプレゼント向きだと思います」

うんうんと頷くみどりの隣で、実咲は「いつ潤とそんな話をしたの……」と心なしか不服そうにしている。

「この前ふたりで相合傘をした時だよな、みどりちゃん？」

「……は？　聞いてないんだけど」

「そ、その話はおいといて！　とりあえず移動しよう？　ねっ」

狭い店内で大の男がふたり、場所を取っていては迷惑なので、みどりたちは店を出て通路の隅に寄った。

実咲はまだ相合傘の件を気にしているようだったが、みどりが潤に助けられただけだと説明すれば、渋々納得したようだ。

よいしょと、潤は大事そうに鉢を抱え直す。

「それで、お買い物デートで実咲たちはなにを買ったんだ？」

「潤にも関係ある買い物だよ。ウェディングパーティー用のあれこれだから」

「おおっ、なるほどな。いよいよ当日が近いからな」

「潤はその植物を買いに来ただけか？」

「いや、目的はあとな……」

実咲の質問に、潤は片手でアロハシャツの胸ポケットから、ペラリとチケットを取り出した。みどりは「それは？」と首を傾げる。

「個展の入場券だよ。このデパートの九階、催事場で今やっている水彩画のな」

「水彩画の個展……」

「先輩の旦那になる、〝先生〟の作品を展示しているんだ。先日もバーに来た先輩が話していて、券を何枚かくれてな。俺もさっき観てきたがよかったぜ？　残りちょうど二枚あるから、おふたりさんにもやるよ」

手渡されて、みどりは反射的に受け取る。

作者名は根元泰成《ねもとたいせい》。個展名は『緑と生きる』とあり、幹子が植物を描くことを好むのは、そもそも師匠である泰成の影響なのだろうなと、みどりはなんとなく察した。

「せ、せっかくだから、カフェの前に観に行ってみる？　絵とかあんまり見ないから、少し興味あるし……実咲くん的にはどう？」

「そうだね。俺も芸術には明るくないけど、時間には余裕があるし行ってみようか」

実咲たちが方針を決めたところで、潤はもう用事をコンプリートして帰るようだ。みどりが券のお礼を言う間もなく、「じゃあな、デートの続きを満喫してくれ」と片手をヒラヒラ振って、エスカレーターのほうへと消えていった。

パーティーの日はもう一週間後……彼とはまたすぐ、なんだったら明日にでも打ち合わせで、箱庭レストランにて顔を合わせることにはなるだろう。

ひとつ気がかりな点を、みどりは券を握ったままポツリと零す。

「この画家の根元さんは、潤さんにとって好きな人の結婚相手なわけで……その個展を観に行くって、潤さんとしては複雑だったよね？　パーティーも潤さん、いろいろ無理していないかな……？」

幹子は話に聞くだけでも、潤の気持ちにはまったく気付いていなそうだ。それだけ高校生の時から、潤がうまく隠してきたのだろう。

「……俺は潤がパーティーをわざわざ企画したの、幹子さんへの感情に折り合いをつけるためだと解釈しているよ」

「折り合い……感情の整理ってこと?」

「そろそろ潤も、吹っ切って進みたいんだよ」

実咲は「本人に聞いたわけじゃないし、あくまで俺の解釈だけどね」と付け足すも、学生の頃から長らく、潤と友人関係である実咲が言うなら、みどりはそうなのだろうなと納得した。

(終わらせなきゃいけない想いも、あるってことかな……)

ほんのちょっとしんみりして、もらったチケットを手にしたまま、今度はエレベーターに乗って個展会場へと向かう。

「わっ! けっこう混んでいるね」

会場は平日にもかかわらず、幅広い年齢層の人々で賑わっていた。

漏れ聞こえてくる声では、わざわざ遠方から来た人もいるようだ。

芸術に疎いみどりたちは知らなかっただけで、その界隈では泰成は人気の水彩画家らしい。

「私はこの、『洗濯』ってタイトルの絵が好きだな。洗濯機のそばで寝ている猫と、一緒に置かれている『柱サボテン』がなんか和むっていうか……」

「俺はこっちの『料理』かな。調理器具が並ぶキッチンに、ミニサイズの食べられる植物の鉢が点々とあって面白いよね。プチトマトとかバジルとか」

みどりと実咲はじっくりと、パネルに張られた絵を鑑賞していく。

絵は『緑と生きる』というテーマに沿い、何気ない生活の一場面に、植物が自然とそこにある風景を描いていた。素朴な水彩画のタッチと題材がマッチしていて、みどりは人気があるのも得心がいった。

（こう、見ていると肩の力が抜けて、ふわっと癒される感じ……箱庭レストランの雰囲気にも近いかも）

絵のタイトルが二文字に統一されているところも、シンプルさが却《かえ》って味になっている。

しかし、実咲が気に入ったという『料理』の絵の中に、ワイルドストロベリーも実をつけた状態で描かれており、みどりは密かにギクリとする。

みどりが育てているそれも、開花を得て赤い実がつきだしていた。

何事もなく順調にいけば、ちょうどウェディングパーティーの日辺りには、いくつか収穫できそうである。

つまり実咲に告白すると決めた日も、すぐそこまできているということで……。

(でも、実咲くんとこの距離感でも私、もうしばらくいてもいいっていうか……もしフラれちゃったら、お店で働くのも気まずくなるよね……?)

決意がまた揺らぎかけて、怖気《おじけ》づいた理屈が頭を過る。

いつだって現状に甘んじるほうが安牌《あんパイ》で、進んで変化を迎えることは未知で怖いものだ。

絵を見つめたままぐるぐると悩むみどりに、先に会場の出口付近までたどり着いた実咲が、「みどり、ちょっとこの最後の絵を見て」と声をかける。

「ど、どれのこと……あ」

みどりは思考を中断し、実咲の隣に並んで彼の指差す方向を追った。

その最後に飾られていた絵には、あふれんばかりの初夏の緑の中で、白いドレスを着て佇む綺麗な女性の姿があった。頭には『シロツメクサ』の花冠もしている。背景は庭か公園だろうか。これまで絵に動物はいても、人物の登場は初めてだ。

長いダークブラウンの髪とドレスの靡き具合がリアルに表現されていて、まるでこの絵から本当に夏風が吹いていると錯覚するような、見事な技巧だ。

レースの描き込みが緻密な白のドレスは、みどりには一目でウェディングドレスだとわかった。

「この女性って……」

「モデルは幹子さんだろうね。タイトルも『最愛』だし」

それはなんとも、ストレートなタイトルだ。

潤はこの絵を前にして、どんなことを感じてなにを思ったのだろうと、みどりは考えずにはいられなかった。

(それでも、潤さんは吹っ切れて進もうとしているのに……私ったら怖気づいて……)

うだうだ揺らいで悩むことは、もうこれ切りにしようと、みどりは実咲に見えないように頬をパチンッと叩いた。

同時に潤のためにも、ウェディングパーティーは最高のものにしなくてはと改めて思う。

「よし！　最後まで観たし、もう出ようか実咲くん！　あれ……実咲くん？」

少々空回り気味な明るさで、くるりとみどりは隣を振り返った。しかし実咲は、頤に手を当てて何事か熟思している。

それこそ、先ほどぐるぐると悩んでいたみどりのように……。

「み、実咲くん？」

「……ん、ごめん。ちょっと自分の世界に入っていた」

「珍しいね、実咲くんがそういうの」

マイワールドに突入しがちなのは、いつもどちらかというとみどりのほうだ。実咲は
「俺もいい加減、腹を括らなくちゃいけなくてさ」と苦笑している。

頭にはてなマークばかり浮かべるみどりの手を、ぎゅっとさりげなく実咲は握った。

「ちょ、ちょっと実咲くん⁉　この手……っ！」

「なんとなく繋ぎたくなったんだけど、ダメ？」

「ダッ……ダメじゃない、けど……」

「じゃあ、このまま行こう」

交わる体温にみどりの鼓動が速まる。

子供の頃には何度か手を繋いだことはあるが、大人になった実咲の手は、あの頃より
ずっと大きくしっかりしていた。

(今さらだけど……私が小学生の時に出会ってから、もう何年も経っているもんね)

ふたりは手を繋いだ状態で個展会場を出て、カフェへと移動する。

その間ずっと緊張しながらも、みどりはこの手の熱を、できればずっと先も手放した

くないなと願った。

（そのためには、やっぱり……）

＊
＊
＊

雲ひとつない青空が、悠々と広がる夏日。

天気がよいわりに気温はさほど高くなく、ほんのり涼を含んだ風が緑を揺らしている。

そんな最高のロケーションの下で、みどりたちは朝の九時頃から箱庭レストランの庭に集まって、ウェディングパーティーの準備に励んでいた。

「おーい、実咲！　このテーブルセットはどこに置くんだ？」

「そこでいいよ、あとで配置は微調整するから」

「ほーい」

樹脂製の丸いガーデンテーブルを軽々と持ち上げた潤は、実咲の指示で「よっこいしょ」と地面にそれを置く。外からだと巨大な鳥籠に見えるコンサバトリーが、すぐ横に来る位置だ。

（天気もいいし、やっぱりお庭を選んで正解だったな）

みどりは空を仰ぎながら、清々しい空気を吸い込む。

箱庭レストランこと『緑の家』……その森のような広々とした庭において、コンサバトリーの周辺は庭木に囲まれながらも、ぽっかりと拓けた場所になっている。

その場所を利用して、いっそ『ガーデンパーティー』にしてはどうかなと、提案したのはみどりだった。

庭木を見ている時にふと思いついたのだ。

先月の風邪からの回復後、すぐに天啓が降りてきたので、病み上がりで逆に頭が冴えていたのかもしれない。

元部活仲間が大人数でワイワイやるなら、店内より外のほうが向いているだろうし、天気の問題さえクリアすればイケるのでは……と。潤は手を叩いて賛同し、実咲は「画期的なアイディアだね」と褒めてくれた。

また大人数といっても、潤も入れて十二人程度。

四人掛けのテーブルを三セット置いてもまだ余裕がある。ちょっとした木製のベンチや、ステージ代わりの平たい木箱も、これから並べるつもりだ。

「しかしまあ、立派なテーブルセットだよな。さすが六条グループのホテルで使われるやつだ」

タンクトップ姿で額に汗を滲《にじ》ませる潤が、背に模様の施されたチェアをペチペチと叩く。

テーブルセットを筆頭に、大型の屋外用アイテムはすべて、春文が自社から貸し出してくれた。

六条グループが運営するホテルの中には、それこそガーデンウェディングや、夏はガーデンバーベキューを企画したりもするそうで、そのためのアイテムは取り揃えてあった。

ホテルに問題ない範囲で、それらを一日レンタルできないか。そう実咲が春文に相談すれば、弟に頼られたのがよほど嬉しかったのか、春文は上等な物を快く用意してくれた。

「もちろんいいさ、なんでも言ってくれ！　配送もこちらで手配するし、プロジェクターやマイクなんかのパーティーグッズも貸せるよ」

ひとつ頼めば全力投球な春文に対し、今回パーティーグッズは丁重にお断りした。

配送のほうはお願いし、小型のトラックでつい三十分ほど前に庭先にお届けされたのを、肉体労働担当の潤が運び入れているところだ。

「兄さん、本当なら今日の準備も手伝いたかったって、心底悔しそうだったな」

「海外に出張中だったっけ？　それは来られないよね」

「パーティーの様子はあとで教えてくれって頼まれたけど……」

実咲は三つ点々とあるテーブルの配置を調節しつつ、一方でみどりはその上に敷くテーブルクロスを抱えながら、ふたりして春文のいかにも好青年らしい顔を思い浮かべる。

拗らせブラコンな春文は相変わらず、隙あらば弟と関わりを持ちたくて仕方ないらしい。

「よし……このテーブルはもう、クロスを敷いて大丈夫だよ」

「わかった！」

実咲からOKが出たところで、みどりはふわっとクロスを広げる。

目に優しいオパールグリーンが、木々のざわめきとそろって波打った。

このテーブルクロスはデパートで購入したもので、白みがかった薄い緑色が、庭にも料理にも馴染むだろうと選んだのだ。

（春文さんが来られないのはやっぱり残念だけど……でも人手なら、別で助っ人は頼んであるんだよね）

みどりがすべてクロスを敷き終えたところで、コンサバトリーから「そっちはどうかなっ？」と、その助っ人がひょっこり現れた。

本日はコンサバトリーの扉が、普段のように店内に面した側だけでなく、庭に面した側も開放されている。靴のままガラスの空間を抜けて、店内から外まで自由に行き来できる仕様だ。

「こっちは大丈夫だよ。きいろは観葉植物たちの移動、もう終わったの？」

「バッチリ！　きいろちゃんはお仕事できる子だからね！」

黄色いボーダー入りのフーディースタイルで、きいろはVサインを作る。

実際に、大学のサークル活動の合間に、派遣の単発バイトもいろいろとこなしているきいろの働きは、非常にテキパキとしていた。みどりはそのバイタリティに感心してしまう。

（パーティー中の給仕も一緒にやってくれるっていうんだから、本当に助かるよね）

彼女に手伝いを依頼したのは、半ば成り行きではあった。

今月に入ってすぐあたりに、大学でみどりがウェディングパーティーの話をしたら

「それって、潤さんと共同作業できるってこと？　私にもぜひ手伝わせて！」と挙手してきたのだ。

もともと、ほぼひとりで調理を担う実咲と、みどり&潤だけでは、人手が足りない懸念はあった。

渡りに船ということで、当日の設営と給仕スタッフをありがたくお願いしたわけである。

恋する乙女の勘か「で、そのパーティーの主役の女性が、潤さんの〝忘れられない人〟？」とノーヒントで当ててきたきいろには、みどりは度肝を抜かれたが……。

（それでも「どんな女性なのか見てみたい！」って、前向きなところは見習わなきゃ）

バイタリティもそうだが、みどりはなにより友人のポジティブさを眩しく思う。

例えば実咲にそういった女性がいると聞かされて、その女性を積極的に知る勇気は、みどりにはどうも持てそうにない。

「あっ、潤さーん！　汗を拭く仕草もカッコいいです！」

「ははっ、きいろちゃんはいつでも元気百パーセントだな」

「そこが取り柄ですから！」

コンサバトリーからブンブンと、潤に手を振るきいろ。

好意を隠そうともせず、ハートの乱れ撃ちだ。

そんな彼女の底抜けの明るさに、今日の潤は時折ホッと救われている……ように見えるのは、みどりの邪推かもしれない。

「……さてと、俺はまた厨房に戻ろうかな」

潤ときいろのやり取りを見守ってから、実咲は庭を見渡して呟いた。

「うん！　こっちの設営はもう少しだし、実咲くんは料理を優先して！　いつもより一度に作る量が多いし、昨日で仕込みは済んでいても大変だろうから……っ」

「そうだね、メニューも凝ったから気合いが入るね。ただあとさ、実はテーブルに飾る装花を、知り合いの花屋さんに頼んであるんだよね」

「装花？　わざわざ？」

なんだったらこの庭の花や、誉のところから薔薇を拝借すれば……と、貧乏性なみどりはつい低コストな案を浮かべてしまうが、実咲には実咲のこだわりがあるようだ。

「これはウェディングパーティーだからね。プロに頼んだ花があったほうが、格好つくでしょ？」

「確かに……」

「費用は完全に俺持ちだけど、同じ学校の先輩だし。俺からのお祝いってことで」

つまりは粋な計らいというやつだ。

実咲と幹子に面識はないが、後輩からのサービスの範囲だろう。

植物全般を愛するみどりは、もちろん花も愛でる対象なので、どんな装花になるのかもワクワクしてしまう。

「お願いしたのは、『ゆめゆめ』って個人店の花屋さん。出張で設置までしてくれるらしいんだけど、そろそろ来る頃かな。庭に直接来てもらうよう伝えてあるし、対応はお願いしていい？」

「わかった、花屋『ゆめゆめ』だね！」

伝言を残して実咲が厨房へと去ってから、潤と楽しそうにベンチのセッティングをしているきいろに気を回し、みどりは別で作業をしていた。

するとほどなくして、その花屋が訪れる。

対応に出たみどりは、現れたふたり組に些《いささ》か虚を衝《つ》かれた。

「こんにちは、ご依頼ありがとうございます。本日は装花の設置に、花屋『ゆめゆめ』より参りました。僕が担当させて頂きます」

「わ、私はアシスタントです。よろしくお願い致します！」

にこやかに担当だと告げた男性が、茶色い猫っ毛で高身長な、また実咲とは系統の違うゆるふわイケメンだったのだ。店の制服だろう『ゆめゆめ』とロゴの入ったピンクのエプロンが、これまたおそろしいほどしっくりきている。

その横にいるセミロングの女性も、素朴な印象だが小動物のようで可愛らしく、隣の彼とお揃いのエプロン姿が微笑ましかった。

（なんか、そこにいるだけでお花の香りがしてきそうなふたり……）

「さっそく始めてもよろしいですか？」

「あ……はい。じゃあ、こちらでお願いします」

愛想も抜群にいい男性に、みどりはおずおずと頭を下げる。

彼は事前に実咲から、テーブルクロスの色や庭のイメージを聞いていたようで、ピタリと合う白系統の花をメインに用意してくれていた。

夏が見頃でフリルのような花弁が美しい、白の『トルコキキョウ』。その周りを小花の『カスミソウ』でふんわり彩り、ライムグリーンの『紫陽花』を入れることでバランスを取って、全体的に清楚で品のいい装花に仕上がっている。それが三つのテーブルの真ん中に置かれた。

みどりたちがデパートでクロスと一緒に買った、ＬＥＤで光る装飾用のキャンドルライトも、花とうまく合わせてくれたのがまたお見事だ。

一気にあたりが華やいで、みどりはいたく感動してしまった。

「すごい……！　装花ひとつでこんなに変わるんですね！」

またお互い「咲人《さきと》さん」「蕾《つぼみ》ちゃん」と呼び合う花屋のふたりが、動きも息がピッタリで本当に仲がよさそうで、みどりはちょっぴり羨ましくなったくらいだ。

「思い出に残る、素敵なウェディングパーティーになるといいですね。ドコかに綺麗な花が咲くよう、私も応援しています！」

最後に、蕾と呼ばれていた女性はみどりに意味ありげなエールを送って、男性と連れ立って去っていった。

(不思議な花屋さんだったな……)

だけどやる気をもらえて、みどりは小さく拳を握り締める。

迫るパーティーの開始時刻に備えて、まだ残る作業に追われたのだった。

——数時間後。

お昼時に、箱庭レストランの庭は開場となった。

天気は崩れず快晴を保っている。

厳かな場ではないため、ドレスコードは特に指定はなく、参加者たちはおおむねスマートカジュアルな装いで続々とやってきた。

「久しぶりー！　元気だった？」

「幹子先輩が結婚とか、おめでたいよなあ」

「この素敵なレストランって、六条くんがやっているんでしょう？」

「六条かあ……潤と並んで、うちの学校の二大イケメンだとか女子が騒いでいたよな。しかも潤と違って優等生でさあ……」

「非の打ち所がない奴だったよ、マジで」

受付担当のみどりは聞こえてくる会話に、潤の高校時代の部活メンバーということは、実咲のことも皆知っているのだな……と、なんだか新鮮な気分だった。実咲の卒業アルバムをチラ見しているみたいだ。

（皆さんの会話を、もっと聞いていたいけど……）

こんな時でも、箱庭レストランのルールはルール。

みどりはちゃんと受付でひとりひとり、新規のお客様扱いで『好きな植物』を尋ねさせてもらった。

皆パーティーの変わった趣向と受け取ってか、「えー？　私は観葉植物の『シュガーバイン』が好きかな。名前が可愛いじゃん」や「食べられる『パセリ』が好きだぜ。あれも植物だろ？」など、気軽に応じてくれた。

最後の最後に来たのは、主役の泰成＆幹子だ。

泰成はひょろひょろの痩身に無精髭の目立つ、なんとも不健康そうな印象の男性だった。茶色のベストコーデもどこかくたびれており、芸術家らしいといえばそう見えなくもない。

対して幹子は、個展に飾られた絵のとおりの美人である。長いダークブラウンの髪に白い肌。芯の強そうな大きな猫目が特徴的で、たまたまだろうが、どこかウェディングドレスを思わせる白いロングワンピースを着ている。

聞いていたとおり年齢差のあるご夫婦だが、並ぶ姿は違和感などなく、お似合いだとみどりは感じた。

「本当にいいのかな……無関係な私が、君の元美術部員の同窓会に、一緒に出席するなんて」

「言ったじゃないですか、泰成さんのファンの子は多いって。みんなからぜひ連れて来てくれって頼まれたんですよ」

及び腰の泰成に、朗らかな笑顔の幹子。

サプライズをしかけるため、今のところ幹子には結婚祝い云々は伏せてある。

ただの『元美術部メンバーの同窓会』ということになっていて、あながち同窓会に嘘はないのだが、うまい理由をつけて泰成にも来てもらった形だ。

(まだ本来の趣旨は悟られないように……)

みどりは気をつけつつ、幹子にも好きな植物を質問すれば、彼女は長い髪を耳にかけながら「『シルクジャスミン』かな」とすぐに答えた。

「泰成さんが初めて褒めてくれた私の絵が、白いその植物を描いたものだったから」

幹子は照れたようにはにかむ。

シルクジャスミンは、楚々とした純白の花を咲かせる観葉植物だ。花がジャスミンに似ているため、そのような名がついたが、また別の植物である。大きくも育つので、庭木や生垣などにも用いられる。

和名では『月橘《げっきつ》』とも呼ばれており、こちらは月夜に柑橘系の香りを漂わせることからきている。

(開花期はちょうど今頃……花言葉は『純粋な心』、だったかな)

まさに幹子の純粋な恋心が、最終的には芸術以外に興味なしだった泰成を参らせて、長年の片思いを成就させたのだろう。

「私が初めて褒めたって、よく覚えていたね」

「当たり前じゃないですか！　私は昔から泰成さんの一挙一動に、いちいち一喜一憂していたんですからね！」

「ははは……幹子には勝てないな」

互いへの想いがわかるやり取りは、すでにおしどり夫婦といったところか。

泰成も結局、好きな植物にはシルクジャスミンを挙げていた。

そうしてすべての受付を終えて、主役が揃ったところで――潤のかけ声で皆が一斉にクラッカーを鳴らす。

「幹子先輩！　それに泰成さん！　この度はご結婚おめでとうございます！」

パーンと、見事に重なった破裂音。

ひらひらと、薄紫の花弁が宙を舞う。

奥深い香りの『ラベンダー』のフラワーシャワーは、これまた花屋『ゆめゆめ』のほうで準備してもらったものだ。

「こ、これは驚いたな」

「同窓会じゃなくて、私たちの結婚祝いだったの……？」

呆気に取られる泰成と幹子を、学生のノリで皆がわっ！と取り囲む。

「幹子先輩のお祝いがしたくて、久しぶりにほぼ全員集まったんですよ！」

「ハッピーウェディング！　幹子！」

「泰成先生、お会いできて光栄です……！　私もともと、先生の水彩画の大ファンでして……」

「おふたりはうちの美術部きっての、才能あり芸術カップルですよ！」

四方八方から注がれる大量の祝福。

一気に騒がしくなったため、みどりはちょっとだけ二階のはーちゃんが起きないか心配になった。できればマスコットキャラとして、パーティーを盛り上げてほしいところだが、今は丸まってくうくうお昼寝中だ。

「おいおいみんな、いったん落ち着け！　席についてまずは乾杯するぜ！」

本日司会を務める潤のひと声を皮切りに、本格的にウェディングパーティーは始まった。

料理は今回に限り、飲み物と前菜、スープはビュッフェ形式となっている。コンサバトリー内の植物を一部移動させて、料理の取り放題スペースにしたのだ。

飲み物はガラスのピッチャーから、レモン水、ミルク、お茶、トマトジュースを選択可能。シャンパンやワインといったアルコールの類いは、個別で注文を受けて運ぶ予定だ。デザート時の温かい飲み物も別で用意している。

前菜は『ミックスビーンズ入りのキャロットラペ』、『タマネギと合鴨のパストラミサラダ』、『自家製ピーマンと夏野菜のラタトゥイユ』、『サーモンとズッキーニのカルパッチョ』、『アスパラガスとジャガイモのカレー風味フリッタータ』……などなどバリエーションも豊富で、スープは『パプリカとベーコンのコンソメスープ』と『枝豆のポタージュ』の二種。

どれも実咲の自信作である。

「このフリッタータだったかしら、辛くないカレー味で美味しいわね。野菜も摂《と》れるし、うちの子にもよさそう」

「美幸《みゆき》は今、二児の母だっけ？　うちらの中で一番結婚早かったよね」

「キャロットラペもスパイスが効いていてオススメよ。私もそろそろ彼氏と籍入れたいのよね……幹子先輩に続きたい！」

「このコンソメスープ、あっさりしていて旨いなあ。ピーマン？　パプリカ？　だったかも、色がカラフルだし」

「こんなゆっくり飯食う時間なんて、勇治《ゆうじ》はあんまりないんじゃないか？　今や不動産会社の社長だもんな」

「ジャーマンポテトを無限に摘まんじまう……社長とか成長したよなあ。俺はいまだに芸術分野で身を立てたくて、泰成先生にはめちゃめちゃ憧れちまうよ」

ワイワイ、ガヤガヤ。

ビュッフェ形式なこともあってか、立ち話も弾んで場はいい具合に温まっている。

泰成も若者たち相手だが、広い年齢向けに絵画教室を営んでいることもあってか、場には存外すんなり溶け込んでいた。

「おしっ！　次はミニゲームのお時間だぜ」

潤が木製の簡易ステージに立って、堂々と仕切る。

誰かが「おっ、待っていました！」と調子よく合いの手を入れた。

潤の進行は面白おかしくかつスムーズで、美術部あるあるクイズや本格的なお絵かき対決、歌や手品といった余興も、どんどん行われていった。幹子もコロコロと笑っていて楽しそうだ。

（盛り上げ役に徹している潤さん、さすがだなあ）

重なる朗らかな笑い声を聞きながら、パーティーの後半戦に向けてみどりも気合いを入れる。

「きいろー！　できたメインから運んでもらっていい？」

「任せなさーい！」

頃合いを見て、厨房で実咲がせっせと作り、みどりが盛り付けを手伝ったメインをお出しする。

くるくる動いてくれるきいろは、みどりと同じ白シャツに黒のスラックス、ベージュのエプロンを腰に巻いたスタッフスタイルに着替えていた。

みどりも盛り付けが終わったら、即座に運ぶ側へと回る。

「お待たせ致しました！　本日のメインになります」

見栄えをグッとスタイリッシュに引き締める、黒い丸皿。その中心には肉料理がまるで王座に座る王様のように置かれ、周りを点々と白いソースが彩っている。

ソースを散らすのはみどりが担当したところだが、前日に実咲から教わったとおり、なかなかセンスよくできた。

「この料理は初めて食べるかも……泰成さんは食べたことあります？」

「私もないなぁ。これはなんて料理なんだい？」

隣り合って座る幹子と泰成は、興味津々でみどりに尋ねてくる。「こちらは『豚肉のサルティンボッカ』です」と料理名を答えるも、それだけではピンと来ない様子だ。

（私も実咲くんに教わるまで、どんな料理か知らなかったもんね……！）

みどりは頑張って、記憶した解説を披露する。

「サルティンボッカとは、仔牛肉に生ハムやハーブの一種であるセージの葉を乗せて、白ワインで風味付けして焼き上げた、イタリアの郷土料理なんです。『口に飛び込んでくる』って意味で、それほど美味しいといいますか……」

「へえ、イタリア料理なのね」

「でもこれは、仔牛肉ではなくあえて豚肉なんだね」

「はい！　本場では仔牛肉が主流ですが、より日本人に馴染み深い豚肉を、今回は使用しております。セージの葉は裏庭で採れたもので、周りはチーズソースです。お好みでつけてどうぞ！」

我ながら「完璧に解説できた……！」と、みどりは内心でガッツポーズする。

各テーブルからは「おおっ、メインも旨い！」「これって生ハムやハーブの効果か？　肉の旨味が出ているな」「チーズソースをつけるとまろやかになるわね」と称賛の声が聞こえてきて、味の評判も上々のようだ。

メインが済んだら、いよいよパーティーも終盤。

デザートのケーキはシェフである実咲が、ワゴンに乗せてガラガラと運んできた。

「――ご歓談中のところ失礼致します。僭越《せんえつ》ながら、ウェディングケーキを作らせて頂きました」

実咲の渾身のデザートが、夏空のもとにお披露目される。

土台は実咲の得意とするバタークリームケーキで、白いホールは二段になっている。大きさはどうしてもドンと巨大なものは難しかったが、薄いピンクの薔薇を葉まで繊細にクリームで表現し、立体的に配置することで、堂々とした存在感を誇っていた。

なにより実咲の心遣いが出ているのは、天辺を飾るメッセージの演出だろう。四角いクッキーを、アイシングで額縁に入った絵画風にし、緑に着色したチョコで森を描き、『Happy Wedding』の文字まで入れたのだ。

アイシングクッキーは前日から作っておいたものだが、みどりは実咲の器用さに舌を巻いたものである。

「うわっ、なんだこのケーキ凄いな！」

「六条くんったら、相変わらずなんでもそつなくこなすのね」

「ちょ、ちょっとみんなで、ケーキと一緒に写真を撮ろうよ！　幹子先輩を真ん中にしてさ！」

誰かが声を挙げて、皆がわらわらとワゴンの周りに集合する。

内ひとりが持参したらしいデジタルカメラを渡され、まさかのみどりがカメラマンをすることになった。

(こ、こういう時、なんてかけ声でシャッターを押せばいいの⁉)

「え、ええっと、とりあえず皆さんもっと寄って……わっ！」

テンパって手が滑り、危うくカメラを落としかける。そこを実咲が「おっと」と、横から間一髪キャッチしてくれた。

「大丈夫？　みどりのことだから、考えすぎて焦ったんだろうけど……落ち着いて普通に撮ればいいよ」

「あ、ありがとう、実咲くん……」

　みどりの思考までお見通しのようだ。

　赤い顔で実咲からカメラを受け取れば、潤が即座に「そこふたり！　人様《ひとさま》のウェディングパーティーでイチャつくな！」と茶々を入れ、それがウケて皆に笑いが広がっていく。

（あ、今がシャッターチャンスかも）

　カシャッと、ほぼ反射的にみどりはボタンを押していた。

　緑に囲まれたコンサバトリーを背景に、ケーキも綺麗に写っており、なにより自然な笑顔が撮れたと思う。代表で幹子に確認してもらえば、バッチリとのことだった。

「それでは、ケーキを切り分けましょうか」

　惜しまれつつも、実咲が美しいケーキに専用のナイフを入れていく。全員分に切り分けた上で、アイシングクッキーは幹子の皿の上だ。

　ただ小さくなったケーキだけでは物足りないため、白い皿の上にはケーキの横に、手乗りサイズのパフェグラスを置いた。中身は『ひんやり冷たいモモのミニパフェ』だ。

バタークリームの濃厚さに対し、瑞々しく口内を潤してくれる。

セットでつく飲み物はアフタヌーンティーの時と同じで、コーヒーか紅茶、日替わりハーブティーから選べる仕様である。

「デザートまで完璧なのね。こんな素敵なレストランで、私ったらここまでみんなに祝ってもらっちゃって……」

ケーキをすべて完食したところで、幹子はじわじわと感極まったのだろう。ポロリと、彼女の大きな猫目から、大粒の涙が零れ落ちる。

急いで泰成が青いハンカチを取り出し、妻の目元に添えた。

「幹子先輩が嬉し泣きした！」

「もう、幹子って感動屋でわりと涙脆《なみだもろ》いのよね」

「旦那さんも慌てていますよ！　早く泣き止んでくださいよ！」

周囲がざわつく中で、にわかに立ち上がったのは潤だ。幹子とは違うテーブルにいた彼は、椅子の下に隠しておいた紙袋を手に取る。

そしていまだ泣き止まぬ幹子に歩み寄り、「今が渡すタイミングかなと思ってな。これ、俺からです」と紙袋を差し出した。

「観葉植物の鉢植え……見たことない植物だわ。私に？」

「それ、ザミオクルカスっていうらしいです。強くて丈夫な植物で、花言葉は『輝く未来』だそうですよ」

「輝く未来……」

「改めてご結婚おめでとうございます。元後輩として先輩の輝く未来を願っているんで、末永く幸せになってくださいね」

男前な顔を優しく綻ばせた潤に、幹子は余計に涙腺が刺激されたようで、さらにポロポロと泣いてしまう。泰成はそんな彼女の肩を抱いて「ほら、みんな困っているよ」と慰めている。

潤といえば、幹子をますます泣かせたことに、皆から囃《はや》し立てられながら責められていた。

ようやく涙が引き始めた頃、幹子がそっと顔を上げて潤を見つめる。

「……ありがとう、潤くん。学生の時は後輩の君に頼って、いっぱい相談したりアドバイスもらったり、情けない先輩でごめんね。君のおかげで泰成さんのことを諦めずにいられたから、ここまで来られたの」

ザミオクルカスの袋をぎゅっと抱いて、幹子はもう一度「ありがとう」と繰り返した。

潤が何事か言葉を返す前に、テーブルに伏せられていたスマホが鳴る。泰成のスマホのようだ。

「ああ、すまない。私に電話だ」

「いいですよ、出てください」

潤に促され、泰成は席を立つとスマホを耳に当てた。一言二言話し、すまなそうに幹子のもとへと戻ってくる。

「今ちょっと画商の人から連絡があって……私はそろそろ、お暇しないといけないようだ。幹子はまだ残っていくかい？　お友達たちともう少しいたいだろう」

「……あ、でも泰成さんが帰るなら、私も」

どちらにせよデザートタイムまで来た今、もうパーティーはほぼほぼ終了だ。そのまま、やんわり解散する運びとなった。他にも幹子にプレゼントがある人は渡し、それぞれが最後に祝辞を述べていく。

何事か幹子に言いかけていたはずの潤は……結局、もう続きを口にはしなかった。

主役たちを先に送り出すため、ぞろぞろと皆で庭を出る。

幹子は「本当に素晴らしい一日だったわ」と、泰成に寄り添いながら幸せそうに笑っている。今になってみどりは見つけたが、ふたりの指にはシンプルなシルバーの結婚指輪が、ひっそりと光っていた。

そんな幹子を、潤は少し寂しそうに、だけど静かに凪いだように、三歩退いたところから見つめている。

そしてまた、そんな潤をきいろは見つめて……。

「……きいろちゃんの恋は前途多難！　でもここからみたいだから、押して押して押して頑張ってみるね！」

こそっと、そうみどりに耳打ちした。

闘志しかないいらしい強《したた》かなきいろに、みどりが「お、応援しているね！」と返せば「頑張るのはみどりもね」とウインクされる。

「それでは皆さん、本当にありがとうございました」

「また集まりましょうね！」

深々と頭を下げる泰成と、手を振る幹子。

近くのパーキングに泰成は車を停めているらしく、そちらに向けて歩き出す新婚夫婦の背を、みんなで見送る。

夏風に吹かれたオリーブの木が、最後に大きく揺れて——箱庭レストランでのウェディングパーティーは幕を閉じたのだった。

＊　＊　＊

「はぁ……なんとか無事にやり遂げたね」

「俺もさすがに、今回は疲れたよ」

つい先ほどまで人で華やいでいた庭は、今やすっかり静寂を取り戻している。

まだ明るい陽の下で、みどりはコンサバトリー前のテーブルに突っ伏し、向かいでは実咲が椅子の背にだらりと身を委ねていた。

みどりはともかく、実咲のこんな姿はツチノコ並みに貴重だろう。だがあれほどの料理をすべてひとりで作りきったのだ、当然の疲労具合である。

「片付けは休憩したら少しやるけど、大がかりなところはまた明日だね。明日なら潤もまた手伝いに来るし、きいろちゃんも来てくれるんだっけ？」

実咲の質問に、みどりは眼鏡越しの視界に白いトルコキキョウを捉えながら、コクコクと肯定の意で頭を動かす。

元美術部メンバーが帰っていったあと、潤ときいろも程なくして箱庭を出た。

メンバーはいったん帰宅し、夜になったら主役の幹子はいないものの、再度集合して二次会の予定だそうだ。

てっきり潤の勤め先のバーで……かと思いきや、まったく違う居酒屋な上、そちらの幹事は別の人に任せて、潤は不参加らしい。バーも今夜は休みを取っているとか。

(やっと潔く失恋できた記念に、家でひとり飲みするって言っていたよね……)

なるべく辛気臭い面は他人に見せたくない……というのが、潤の根底にあるのだろう。

カラッと笑って明かした潤に、きいろはすかさず「もし飲み相手が欲しくなったら呼んでください！」と立候補していた。愚痴でも泣き言でもなんでも聞くし、酔っ払ったら介抱もします……と。

そんなきいろは、今から夕方までヨガ体験の予約を入れているというのだから、凄まじいバイタリティである。自分磨きも継続中のようだ。

潤は「じゃあひとり飲みに飽きたら、きいろちゃんを呼ぶかな」と冗談めかして躱していたが、今夜は無理でも案外、きいろと潤が親密度を上げてふたり飲みする日も近いかもしれない。

なおふたりとも、酒に関しては酔い知らずなザルだ。

「……そういえば潤さん、帰りになにか実咲くんに囁いてなかった？　あれはなんだったの？」

こそっと耳打ちする潤に、実咲は非常に形容しがたい顔をしていた。その一場面をみどりは目撃して謎に感じたものだ。

「んー……ちょっと焚《た》き付けられた」

「たきつ……？」

「アイツもお節介だよねって話。……さて、ちょっと回復してきたし、休憩ついでにお茶でも一杯淹れてこようか」

「えっ⁉」

あからさまに詳細を濁した実咲は、立ち上がってコンサバトリーから店内へ向かおうとする。ムクッと起きたみどりは「ま、待って！」と制止をかけた。

「お、お茶なら私が淹れるから……！　実咲くんのほうが疲れているだろうし、ここは私に任せて」

「だけど……」

奉仕体質の実咲は自分で動きたがるが、みどりが押し留める。

「たまには私がやるから、ねっ？」

「……わかった、じゃあお願いしようかな」

みどりには絶対、ここは任せてほしい理由があった。

その必死さが伝わってか、託してくれた実咲を置いて、みどりはまず厨房ではなく螺旋階段を上って二階を目指す。

上り切ってすぐ正面にある部屋は、もともとは実咲祖父である蔦臣の書斎だ。そこは現在、はーちゃんのケージ置き場になっていて、みどりのほうでは荷物を預けて着替える更衣室代わりにさせてもらっている。

「はーちゃん、入るよ」

一応、部屋の主にひと声かけて入室した。

壁に向かう古びたデスクと、本がぎっしり詰まった四方を埋める本棚。デスクには夏のインテリアにおあつらえ向きな、『テーブルヤシ』という小型のヤシの木が置かれ、そのそばにははーちゃんの住むアクリルケージがある。

ちょうどお目覚めになったらしいはーちゃんは、みどりに反応して「キュイッ」と、クルミの殻でできた床材から鼻先を上げた。

「パーティー中もよく眠れた？　こっちまで声は届かなかったかな」

「キュイ、キュイキュイ」

背中のトゲ山を上下に振って、「だいじょうぶ！」と伝えているように感じるのは、みどりの勝手な解釈か。しかし存外、不思議と意思疎通が図れていたりもする。

みどりはそんなはーちゃんに笑って、デスクのそばに放られた自分のトートバッグを漁った。背の低い小さな六角瓶を取り出して、「よし」と深呼吸する。

「これから私、勇気出して大勝負してくるから。はーちゃんもここで私の勝利を祈っていてね」

「キュイ？」

いったいなんのことか、はーちゃんにはサッパリだろう。

それでも円らな瞳でみどりを見上げ、「キュイッ！」と鳴いた様子からは、あと押ししてくれているようにも受け取れた。

瓶を持つ手に力を込め、今度こそみどりは厨房に向かう。少々拙い手つきながらも、ティーセットを棚から出して、瓶の中身も使ってお茶の用意を整えた。

トレーに載せ、そろりそろりと実咲の待つ席まで運ぶ。

「お、お待たせ！」

「ありがとう。このポットの中身って……」

ガラス製の透明なティーポットには、葉と赤い小粒の果実が、お湯に浸かってゆらゆらと揺蕩っている。みどりは「うちで収穫したワイルドストロベリーだよ」と胸を張った。

「無事に実ってくれて……赤い実は五粒だけだけど、葉と一緒に乾燥させて、瓶に入れて家から持ってきたの」

ワイルドストロベリーの生の葉は、少量だが毒素を含むとも言われている。それを乾燥させて毒素を抜き、実と合わせて『ワイルドストロベリーティー』にしたのだ。

しばらく蒸らして、みどりは実咲と自分の分を、白地に緑の蔦が這うカップに注ぐ。外だからか、果実の香りが一気に辺りに舞った。椅子に腰掛けつつ、「どうぞ！」と向かいの実咲に差し出す。

彼が絵になる仕草でカップに口をつけるシーンを、ドキドキと見守る。

「……ん、甘酸っぱさがいい感じに染みるね。疲れに効くし美味しいよ」

「よかった……」

実咲にお墨付きをもらえて、まずは胸を撫で下ろす。

だけど本番はここからだ。

(後悔しないように、だよね)

顔が強張っていくのを感じながらも、みどりは意を決して「あのね、実咲くん」と、改まって彼の名を呼んだ。

「実咲くんは……ワイルドストロベリーのジンクスって知っている？」

「ジンクスか……」

実咲はしばし考える素振りを見せるも、カップを持ったまま首を横に振った。

「お茶の他にもジャムにしたり果実酒にしたり、調理方法ならいくらでも浮かぶんだけど……そっちは出てこないな」

「あははっ、実咲くんらしいね」

みどりが植物バカなら、実咲は料理バカだ。真剣に考えてくれた末の実咲の返答がおかしくて、みどりは素で笑みが零れ、ついでに張りすぎていた力が抜けた。

これなら緊張で固まることなく、想いを言葉にできそうだ。

「ワイルドストロベリーは幸せを呼ぶ植物でね。種から収穫まで無事にいけば、〝恋が実る〟ってジンクスがあるんだよ」

ピクリと、実咲の端整な眉が跳ねた。

みどりはいったんティーを啜り、実咲との懐かしい出会いから思い返す。始まりは空腹で倒れかけたところからだった。

「小学生の時、私を助けてくれたのが実咲くんで、今でも心底よかったなって何度でも思うの。実咲くんに会わなかったら、私は食事の楽しさを忘れたままだったかもしれないし、植物好きにもならなかった。植物ヲタクにまで進化しちゃったのは……その、時々困っているけれど……」

それはそれで、みどりの大切なアイデンティティだ。

むしろそれ以外、才色兼備な実咲に比べて取り柄や特徴など、みどりは自分にはろくにないと思っている。

もっと落ち着いた大人の女性のほうが、実咲にはふさわしいだろうということも……。

(でも私、実咲くんへの片想い歴なら誰にも負けないし！)

きいろのポジティブさを見習って、気持ちを立て直す。

「実咲くんとの出会いがあったから、今の私がいるんだよ。実咲くんは私の、あの、ぶっちゃけ初恋の相手でさ。もはや人生の基盤というか、土台というか……って、ごめん！　これはさすがに重いよね!?」

「……重くないよ。いいから続けて？」

「う、うん。だからね、えっと」

だんだんとさすがに羞恥が募って、実咲の顔を見られなくなってくる。視線を逸らした先では、情けない顔の自分がカップの水面に映り込んでいた。

実咲のほうは、今なにを考えてみどりの告白を聞いているのか。

これからどんな反応をされるのか。

みどり本人にはまったくの未知数だ。

「だ、だから……そんな初恋の実咲くんとまた再会できたのは、私にとってはまさに奇跡に近くて。その奇跡をこの先も大事にしたいし、初恋も実らせられたらって……つまり！」

うだうだ長引かせてしまったが、ガタッと立ち上がってみどりは叫ぶ。

「実咲くんのことが今も昔も大好きなので！　私を恋人にしてっ……!?」

「――そこでストップ、みどり」

ふにっと、みどりの唇に柔い感触が当たる。

どうやら実咲が腕を伸ばし、人差し指で言葉を止めてきたらしいと、みどりはワンテンポ遅れて理解した。彼は眉間に皺を寄せ、見たことない苦悩の表情をしている。

実咲の長い指先が離れていき、みどりはストン……と、椅子に自然と腰が落ちた。

（これは……告白、失敗？）

今の彼の行動や表情は、拒絶の意なのではと思い至り、みどりの中で上がっていた体温が急激に下がっていく。ゆるやかに吹く夏風すら肌に冷たい。

浮かぶのは大きな〝失恋〟の二文字だ。

（ああ、ついに失恋しちゃった……今から潤さんのひとり飲みに、きいろも誘って無理やり押しかけようかな……）

ショックすぎて思考が斜め上に飛びかけるも、そこで実咲が己の端整な顔を手で覆い、深い深い溜め息をついた。

その耳が赤くなっていることに気付き、みどりは「あれっ？」と意識を目の前に引き戻される。

「本当にごめん……それ以上みどりに先に言わせちゃったら、年上としても男としても不甲斐なくて、潤にものちのち一生ネタにされそうでさ」

「潤さん……？」

「さっき潤に『お前はみどりちゃん相手にだけ慎重すぎるから、後悔しないようにもっと積極的に動け』って焚き付けられたばかりなのに、やっぱり不甲斐ないよ」

実咲は「アイツの言うとおりだと認めるのは悔しいけどね」と苦笑するも、みどりはまだ彼の言わんとしている意味が、うまく咀嚼し切れていない。

（でもなんか、まだフラれてなさそう……？）

ぼんやり希望を見出すみどりの手に、そっと実咲が手を重ねてくる。

デパートで繋いだ時にも感じた彼の体温は、あの時より今のほうがずっと熱い。みどりの下がったはずの温度も、再び加熱する。

「今度は俺の番、譲ってもらっていい？」

「……ど、どうぞ？」

反射的にＯＫを出せば、実咲は一転して柔らかな表情に変わっていた。みどりを見つめる瞳には、バタークリームケーキより濃密な甘さが含まれている。

「最初に〝実は〟の話をするとね、俺は箱庭レストランでバイトを雇う予定なんて、まったくなかったんだ。ずっとひとりで、はーちゃんと運営するつもりだったし」

「えっ？　でも確か、そろそろバイトを雇うつもりだったって……」

「そういう体《てい》を取ったのは、再会したみどりを逃がさない口実。これでも箱庭に囲い込むのに必死だったんだよ」

みどりは「そうなの!?」と、カミングアウトされた事実に目を丸くする。

てっきり本当に、みどりが都合よく現れたから、昔馴染みなこともあって勧誘されただけだと信じていた。

「みどりは俺に子供扱いされている……って思っているみたいだけど、確かに昔は妹みたいな存在でも、再会してからはちゃんと女性扱いしているつもりだよ？　ひとりの女性として、俺がみどりを好きだから」

「ひえっ！」

「ははっ！　顔真っ赤……って、俺もか」

みどりはもう、口を開けっ放しで「あ」だとか「う」だとか、意味のない音しか紡げない。

正直、両思いだなんて信じられなかった。

熟れたワイルドストロベリー並みに赤くなりながらも、みどりがまだ半信半疑なことを察してか、実咲は「信じられないなら、俺がみどりに惚れているところを全部挙げていこうか？」などと提案してくる。それは確実に容量オーバーだ。

「遠慮、します……」

「なんで敬語なの？　例えば、そうだな。無意識にたくさん人を気遣えるところとか、根が真っ直ぐで素直なところとか。自信がないところも可愛いし、妄想癖があるところも見ていて愛らしいし……」

「え、遠慮するってば！」

「まだまだあるのに。まあ、続きはまたいつかね」

わざとらしく肩を竦める実咲に、いつかは続きをやられるらしい。

みどりはまだ混乱の渦中にいる。こちらから告白したはずなのに、実咲のほうから告白し直されているようで、なんだかおかしな状況だ。

ぎゅっと、重なる手に力が籠る。

「もう一度言うね……好きだよ、みどり。俺の恋人になってくれませんか？」

それはまさしく、みどりが言おうとしていた口説き文句だった。

「こちらこそ！」とバカでかい声で返したみどりの声は、夏空を割ってコンサバトリーを通過し、観葉植物たちの葉を大きく震わせ、今度こそはーちゃんにまで届いたかもしれない。

「キュイ〜」と迷惑そうに鳴く声が聞こえた気がする。

でも実咲が、出会った高校生の時のようなあどけなさで、嬉しそうに破顔するから。

みどりも今はなにより、幼い頃の初恋が実った事実に、とびっきりの笑みを浮かべたのだった。

エピローグ

ピー！　と、スマホでセットしたアラームの音が鳴る。

みどりは「あ、できた！」とすぐにアラームを止め、ローテーブルに置いておいた、磁器のティーポットの蓋を少しだけ持ち上げた。

中はぎゅうぎゅうに、ワイルドストロベリーの赤い実と葉っぱたちが詰まっている。

「うん、いい香り」

カーペットの上に正座して、手始めに香りを堪能。

ワンルームのお部屋が、イチゴ畑に様変わりする妄想を抱く。

ストロベリーは二回目の収穫だが、実はまた五つ、葉もたくさん採れて、ちゃんと自然の味は抽出されていそうだ。収穫を終えたストロベリーの鉢は、背後の棚にちょこんと佇んでいる。

「次は紅茶とワイルドストロベリーを合わせてもいいかも」

弾んだ声で呟いて、カップにティーポットの口を傾ける。

すっかりお茶を淹れることにハマったみどりは、わざわざ自宅用にポットを買って、ハーブティーから紅茶や中国茶まで、素人ながら日夜おひとり様ティータイムを満喫していた。

今はお昼にスーパーのお惣菜を食べたあとの、食後の一杯だ。

お茶を淹れるのは多少上達してきても、相変わらずみどりの料理の腕はからっきしである。

「んんっ、いい飲み心地！」

美味しく感じるのは、使用した道具の相乗効果もあるだろう。

(このポットは、実咲くんが選んでくれたものだしね)

蕩《とろ》けた締まりのない顔で、みどりはテーブルに戻したティーポットをツンと突く。

以前デパートの買い出し時に寄った、ナチュラルテイストな雑貨屋につい先日また赴き、たまたま実咲が発見したのだ。「みどり、ティーポットが欲しいって言っていたよね？　これとかいいんじゃない？」……と。

丸っこい磁器製で、色は鮮やかなライムグリーン。両側面にピンクのお花のワンポイントがついたデザインに、みどりも一目惚れした。

箱庭レストラン御用達の透明なガラス製もいいが、こちらはこちらで保温性が高く、ポット自体が個性的だ。

（しかも、恋人になって〝初デート記念〟って……実咲くんに買ってもらっちゃったし！）

いよいよニヤけて顔面が崩壊していく。

――ウェディングパーティーが無事終了し、同時にみどりと実咲が〝お付き合い〟を始めてもう二週間。

交際はおおむね順調と言っていいだろう。

表向きふたりの間に大きな変化はないものの、ふとした瞬間に実咲がしてくれるカノジョ扱いに、みどりは胸をトキめかせまくっていた。

（お買い物デートも、次の花火デートのために浴衣を買いに行ったんだもんね。どっちも実咲くんから誘ってくれて……）

季節は八月に突入し、茹《う》だるような猛暑日が続いている。

そんな中、今週末は夏の風物詩として、ご近所で花火大会が催される予定だ。ささやかな規模だが屋台も並ぶそうで、そちらにみどりと実咲は参加することになっている。

ちなみに結局、浴衣のほうはあまり気に入ったものが見つからず、デパートでは購入を見送った。

しかし、後日レストランに来店した鈴に、世間話ついでに話すと……。

「桃華お姉ちゃんがコラボ企画用にデザインした浴衣、試作品がいくつか手元にあるんだけどさ。みどりさん、一着いる？　浴衣ばっかり持っていても私も困るし」

……などと申し出てくれたのだ。

つまりは『melody＝ribbon』のブランド浴衣だ。

もちろん、お客様からそんなものを頂いていいのかと、みどりも最初は辞退しようとした。だが鈴に見せられた写真にビビッとくるものがあり、平身低頭で頂いてしまったのだった。

この部屋のクローゼットの中には、若草色の地にカラフルな小花柄の入った、レトロとポップが融合したオシャレな浴衣が吊るされている。

(花火大会の実行委員には、針城さんもご近所ってことで駆り出されるんだっけ……星奈さんと詩月さんも浴衣で行くって言っていたし、楽しみだなあ)

ワクワクと逸る気持ちを、お茶を飲み干すことでいったん落ち着かせる。

そうこうしているうちに、箱庭レストランに出勤する時間となった。

みどりはズレた眼鏡をかけ直し、モンステラのモンちゃんとワイルドストロベリーに「行ってきます！」と告げると、炎天下の外へと飛び出していった。

「ふう……着いた」

額から流れる汗を拭って、みどりは『緑の家』の門扉の前でいったん息を整える。

通い慣れた道とはいえ、太陽にジリジリ焼かれながら歩くのは、なかなかに体力を消耗した。元気よく家を飛び出したはいいものの、あっという間にへばってしまった。

(こう日光が強いと、当たりすぎて葉焼けを起こす植物がいそう……またあとでチェックしなくちゃ)

へばっていても、いついかなる時もみどりの思考は植物優勢だ。

『葉焼け』とは強い日射しを受けた際、植物の葉の色が黒くなったり茶色くなったり、見栄え悪く変わってしまう現象だ。人間で言うところの火傷である。

一度、葉焼けが起きて変色すると、葉は元には戻らないため注意しなくてはいけない。

「でもまずは、レストランの中で涼んで……ううっ」

あとちょっとの距離だというのに、体は重く怠く、なんだか頭がクラクラする。熱中症とまではいかずとも、暑さは確実にみどりの体に不調をもたらしていた。

(あ、ヤバ)

ついバランスを崩し、ガシャンッと派手な音を立てて、片側の門にもたれかかる。すぐに体を起こそうとしたところで、みどりは「あれ？」となった。

（なんかこれ昔、空腹で行き倒れた時と似ているような……）

昔ならこのあと、やってくるのは……。

「みどり！　大丈夫!?」

「へ」

両開きの門が内側から開いて、頭上から声が降ってきた。

顔を上げると、倒れかけのみどりを確認して走ってきてくれたのか、微かに息を乱した実咲がいた。いつもの刺繍入りのエプロン姿だ。

みどりはしばしポカン……とするも、ちょっとクラリと来ただけで、なにもまったく動けないわけではない。急いで体勢を戻し、「だ、大丈夫！　もう平気だよ！」と弁明した。

「ほんの少し、暑さで目眩《めまい》がしただけというか……」

「今日は特に気温が高いからね。早く中に入って体温を冷やそう。ちゃんと水分補給もしっかりね」

「りょ、了解です」

「本当に焦ったよ、またみどりが行き倒れたのかと……」

なんと、実咲もまったく同じ状況を想像していたらしい。

焦らせてしまったのは申し訳ないが、みどりは考えが一緒なのがおかしくて、なんだか笑ってしまった。

「歩ける？　辛いとこはない？」

またしても過剰に気遣ってくる〝恋人〟に、「歩けるって！」ともう一度笑って、ふたりは店内へと入った。

店内は程よく冷えていて、そよそよと吹く冷風にみどりの怠さも徐々に引いていく。

実咲が用意してくれた氷嚢《ひょうのう》も首などに当て、カウンター席に座ってお水も飲んだ。

ほんの数分で、すっかり回復である。

「落ち着いた？」

「実咲くんのおかげでバッチリ！　でもごめんね、このあとお客様の予約があるはずなのに……」

お客様を迎える準備が、みどりのせいで遅れてしまったかもしれない。

そう危惧するも、カウンターのそばに立つ実咲は「それがね、予約はキャンセルになったんだ」と苦笑した。

「初来店のお客様だったんだけどね。夏風邪でダウンされたそうで、予約はまた後日になったんだよ」

をした。

「そうだったんだ……お大事にだね」

「それはみどりもね？　夏風邪と熱中症には十分な対策をとること」

注意してくる実咲に、みどりはもう子供扱いだとは拗ねず、すんなりよい子のお返事をした。

実咲がよしっと頷く。

「そんなわけで、夜のお客様がいらっしゃるまでフリーだよ。今はアフタヌーンティー用に、新しいデザートでも考案しようかなって思っていたところ」

「あ、じゃあ私は植物たちのチェックをしてもいい？　葉焼けが不安で……」

他にも夏場は水やりの頻度を間違えば、観葉植物はあっさり枯れてしまう場合もある。夏も冬も、健康管理は欠かせないのだ。

植物ヲタクモードで、みどりがコンサバトリーのほうに視線を向けていると、不意に実咲が「ん、ちょっとごめんね」と、みどりに大きく一歩近付いた。

みどりが「へ？」と瞬きする間に、優しく頬を撫でられる。

「み、みみみ実咲くん!?　急になに……！」

「頬に髪、張り付いていたから。ちょっと払っただけだよ」

優美に微笑まれてしまえば、みどりは赤い顔で「あ、ありがとう……」としか言えない。氷嚢が溶けるほどまた体温が上がってしまった。

（び、びっくりした……）

お付き合いを始めたといっても、まだまだ恋愛耐性は小学生レベルのみどりだ。それこそ行き倒れた時から、そちらのレベルは悲しいかな変わりはない。

今のように、実咲の些細な行動に振り回されてばかりである。

（理想の大人な恋人同士には、まだまだ遠そう……）

でも実咲が、そんなみどりに急かさず合わせてくれているので、ふたりのペースでゆっくりと……で、いいのかもしれない。

「そうそう、新作デザートの他にも、夏限定でハニーレモンスカッシュも作ろうかと思っていてさ。水を飲んだあとだけど、またみどりに試作品の味見をお願いしていい？」

「スカッシュは夏らしくていいね。何杯でも飲むよ……！」

「ははっ、頼もしいな」

程なくして実咲は、その試作品だというハニーレモンスカッシュを作って持ってきてくれた。

グラスの中でシュワシュワと炭酸の泡が弾けていて、水面には庭で採れたミントが浮かんでいる。レモンの酸味と、蜂蜜の甘みが炭酸にもよく合った。

ぷはーっとスカッシュを豪快に喉に流し込んだみどりを前に、実咲はなんとも幸せそうな顔をしている。

それからしばらく、実咲はデザート作り、みどりは植物チェックと、それぞれ作業に励んでいたのだが、不意に来客を告げるドアベルが鳴った。

「おっす、お邪魔するぜ」

「やっほー！　みどり！」

「潤さんっ？　きいろっ⁉」

セットで現れたふたりに、『ペペロミア』という観葉植物の茎をハサミで剪定していたみどりは、純粋にビックリした。

潤たちはまだまだ〝お友達〟の間柄だが、並ぶ姿は妙にしっくりきている。タンクトップ姿の潤と、半袖のフーディーコーデのきいろは、どちらも〝陽〟のオーラが全開で、夏男&夏女といった組み合わせだ。

みどりはハサミを鉢の上に置いて、彼等のいる入り口へと駆け寄る。

「ど、どうしたんですか？　いきなり一緒に来て……」

「いやあ、俺のほうが箱庭レストランに用事があって、ダラダラ歩きながら向かっていたんだがな。その途中で、サークル帰りのきいろちゃんにたまたま会ったんだよ。それで、成り行きでここまで一緒にな」

「つまり私は、ただついてきただけってこと！」

黄色いネイルの施された指で、ビシッとピースサインを決めるきいろ。

彼女としては、潤といられるならなんでもよかったのだろう。

ひとまずみどりは、厨房にいる実咲を呼びに向かった。ちょうどオーブンが焼けるのを待っていた実咲は、「潤ときいろちゃんが？」と、訝しげにしながらもみどりと厨房を出る。

店内に戻ってきてみれば、潤たちは中央の四人掛けの席に隣り合わせで腰掛け、実家のようなくつろぎっぷりを見せていた。

「遅いぞ、実咲。とりあえず飲み物を頼む、ガンガンに冷たいのな」

「……うちは完全予約制の紹介制で、飛び入り客は基本的にお断りなんだけど？　ああ、きいろちゃんはいらっしゃい」

「突然すみません、店長さん！」

恒例の潤への塩対応に反し、実咲はきいろには営業スマイルで対応する。

潤はこれみよがしに「あーあ、また邪険にしやがって。せっかくいいもの持ってきてやったのによ」と、ポケットから写真を一枚取り出した。

机に置かれたそれに、みどりは歓声を挙げる。

「わぁ……！　ウェディングパーティーの時の写真ですね！」

庭でケーキを囲む様子を、みどりが撮影した集合写真だ。やはり何度見てもいいできである。

「デジカメ持ってきていた奴が、記念にって人数分プリントしてわざわざ送ってくれたんだよ。他にもソイツが撮っていた、ベストショットを何枚か。ただ実咲とみどりちゃんに見せたかった本命はこっちな」

「本命……？」

ペラリと、潤のポケットからもう一枚出てくる。

そちらはなんと、実咲とみどりのツーショットだった。

ビュッフェスペースと化したコンサバトリーの中で、料理の様子を見に来たエプロン姿の実咲と、お皿を下げるところだったスタッフスタイルのみどりが、ささやかな会話を交わしているだけの、ただのお仕事中の一場面。

しかし、ガラスの天井から差し込む一筋の淡い光が、そんなふたりの間にキラキラと差している。

どちらの横顔にも小さな笑みが乗っていて、光の演出もあってまるでドラマのワンシーンのようだ。

みどりはまじまじと魅入ってしまう。

隣の実咲も「へえ、ちょっと恥ずかしいけどよく撮れているね」と、感心しているようだった。

「会場を手当たり次第撮っていたみたいでな。撮った本人は『盗撮してごめんなさい』って。その写真はみどりちゃんにやるよ」

「い、いいんですか!?」

「もらっておきなよ、みどり！　潤さんが持っていても仕方なくない？」

きいろの言うことはもっともである。

みどりは大事そうに、写真を手に取って胸に抱いた。実咲と並んで写っているのが嬉しかった。

そんなみどりを、実咲は優しい目で見つめている。

そこはかとなく生まれた甘いムードに、きいろは「というかその写真、私はなんか夫婦っぽく見えちゃった！」と軽く爆弾を落とした。

「ふ、夫婦っ!?　どのあたりが!?」

「んー？　総合的に？　ね、潤さん！」

「幹子先輩たち以上の、おしどり夫婦のワンショットに俺も見えたぜ」

ニヤニヤからかってくるきいろと潤は、照れて慌てるみどりの反応を楽しんでいるのだろう。このふたりは、みどりと実咲がお付き合いを始めたと知った時、本人たち以上にどんちゃん騒ぎして弄り倒した前科持ちだ。

「みどりちゃんと実咲の結婚パーティーも、このレストランでやる感じか？　って、そうしたら新郎が自ら料理することになるな」

「私はみどりの友人代表としてスピーチしたいんですよね！」

「いいな、それ。じゃあ俺は実咲の友人代表だな」

「じれったくてこっちが困りました……とは言いたいですね、絶対！」

盛り上がる潤たちはやたら生き生きとしている。

相手をすれば思う壺だとわかっていても、みどりは右往左往するばかりである。

（まだ付き合ってちょっとしか経っていないのに、いきなり夫婦とか……！）

ふとまた、小学生の頃に抱いた〝将来の夢〟が頭を過る。

〝実咲くんのお嫁さん〟が、いよいよ現実味を帯びてきた……と、都合よく取っていいのだろうか。

パチンッと、そこで実咲とみどりの視線が合った。実咲は意味ありげに「そのうちね」と口角を上げている。

（そのうちってなに⁉）

パンク寸前のみどりに対し、先に爆弾を落としたはずのきいろは、「ところでなにか、美味しそうな香りしません？」と無情にも他に興味が移ったようだ。リスのように鼻をふんふんさせている。

「マフィンが焼き上がったところだからね。『パイナップル＆ココナッツの夏色マフィン』。きいろちゃんには、パーティーを手伝ってもらったお礼をしていなかったし……よかったら食べていく？」

「やった、マフィンとか超好きです！　頂きます！」

「悪いな、ごちになるぜ」

すかさずノッてきた潤を、実咲は「お前は遠慮しろ」と冷淡に撥《は》ね除ける。しかしなんだかんだ、潤の分も用意してあげるのが、彼等の友情なのだ。

「あと私、はーちゃんにも会ってみたくて！　みどりに似ているっていうハリネズミちゃん！」

「私に似ているって、どこから聞いたの……」

きいろの発言に、みどりは潤をジト目で睨む。どこからって、きいろにそんなことを教えるのは潤くらいだろう。

ご要望に従い、「はーちゃんが起きていたらね」とひと声添えて、みどりは写真を持ったまま様子を見に二階へ上った。すると少々早い時間帯ながら、はーちゃんは元気に起きて「キュイキュイ！」とクルミの殻を引っ掻いて遊んでいた。

みどりは屈んで、ケージ越しに話しかける。

「私のお友達が、はーちゃんとお喋りしたいらしいんだけどね。ちょっとだけ会ってもらってもいい？」

「キュイ？　キュイキュイ！」

「人見知りしないよね、本当にはーちゃんって。私と似ているのって、やっぱりグルメなとこくらいじゃない？」

「キュイー」

同じ方向にコテンと首を傾げる。

実咲にも「似ている」と言われ続けているが、いまだにみどりには疑問である。

「あっ！　そうだ、はーちゃんも見てみて！　実咲くんとのツーショット、素敵な写真じゃない？」

思い出したように、みどりはケージ越しに写真をはーちゃんにも見せびらかした。帰ったら写真立てに入れて、モンステラとワイルドストロベリーの間に飾ろうと思う。みどりの『実咲くんコーナー』がまた増えてしまう。

「キュイキュイ」

「うんうん、はーちゃんにもよさがわかるんだね」

勝手に褒められていると翻訳させてもらった。

写真は持参したバッグの中に、ノートに挟んで入れておく。

「よし、行こうか」

よいしょっと、なるべく振動に気を付けてケージを持ち上げ、ゆっくり一階へと降りると、中央の席ではすでにお茶会が始まっていた。

大きな丸皿に並ぶ、香ばしい焼きたてマフィン。

実咲がトレーを片手に、ディップ用の生クリームと、きいろたちのためにも用意したハニーレモンスカッシュを、トンとそれぞれテーブルに並べていく。

実咲の隣に立つパキラの雄大な葉は、冷風でさわさわと揺れ、テーブルに涼しげな影を落としている。

心躍る、真夏のお茶会風景だ。

「あっ、その子がはーちゃん⁉　うわあ、可愛い！」

「先にマフィン頂いているぜ、みどりちゃん」

小さな手を「キュイ！」と挙げるはーちゃんに、興奮するきいろ。ヒラリと手を振る潤は、もうマフィンにかぶり付いている。

実咲が空いている席の椅子を、スッと引いて微笑んだ。

「──みどりもおいで」

「うん！」

嬉々として、みどりもケージを抱えて腰掛ける。

観葉植物たちに見守られながら、友人たちがいてはーちゃんがいて……そばに恋人までいる、みどりの幸せな時間は、箱庭レストランにてまだまだ続くのだった。

あとがき

こんにちは、編乃肌です。

『緑の箱庭レストラン』シリーズの二巻をお手に取っていただき、心よりお礼申し上げます。

こうして続編をお届けできて、本当に嬉しいです！　前巻で紹介できなかった植物や、新キャラたちをいっぱい書けてよかったです。あとなにより、主役ふたりの恋をちゃんと実らせてあげられてホッとしております。書いている作者ながら、じれったいふたりでした。

また今巻では、私のデビュー作でもある『花屋ゆめゆめ』シリーズのキャラたちもこっそり……いえ、わりと堂々と特別出演させてもらいました。

植物作品繋がりということで、ご存知の方にはサプライズになればいいなと！　未読の方にも、これを機にこちらのシリーズにも、ぜひ興味を持って頂けたら幸いです。こちらは観葉植物メインですが、あちらはお花メインです！

最後に。今巻も美しい表紙を手掛けてくださった、ジワタネホ先生。相変わらず細部まで惚れ惚れするイラストを、誠にありがとうございます！　編集の方々には的確にご指導賜り、またまた大変お世話になりました。アイディアの段階からとっても助けていただきました。

そして読者の皆様へ、ありったけの感謝を込めて！　また機会がございましたら、箱庭でご来店お待ちしております。

本当にありがとうございました。

どこかでまたお会いできますように。

編乃肌　拝

この物語はフィクションです。
実在の人物、団体等とは一切関係がありません。
本書は書き下ろしです。

■参考資料
『はじめての観葉植物の手入れと育て方』橋詰二三夫、谷亀高広（ナツメ社）
『観葉植物図鑑：いま人気のインテリアグリーン』渡辺均（日本文芸社）
『ガーデン植物大図鑑』（講談社）
『英国式アフタヌーンティーの世界：国内のティープレイスを訪ねて探る、淑女紳士の優雅な習慣』藤枝理子（誠文堂新光社）
『HOME PARTY ホームパーティ 料理と器と季節の演出 ケータリングのプロが教える』江川晴子（世界文化社）

編乃肌先生へのファンレターの宛先

〒101-0003　東京都千代田区一ツ橋2-6-3　一ツ橋ビル2F
マイナビ出版　ファン文庫編集部
「編乃肌先生」係

Fan
ファン文庫

緑の箱庭レストラン
～初恋の実りと涙のウェディングケーキ～

2022年12月20日　初版第1刷発行

著　者　編乃肌
発行者　滝口直樹
編　集　山田香織（株式会社マイナビ出版）、須川奈津江
発行所　株式会社マイナビ出版
〒101-0003　東京都千代田区一ツ橋2丁目6番3号　一ツ橋ビル2F
TEL 0480-38-6872（注文専用ダイヤル）
TEL 03-3556-2731（販売部）
TEL 03-3556-2735（編集部）
URL https://book.mynavi.jp/

イラスト　ジワタネホ
装　幀　雨宮真子＋ベイブリッジ・スタジオ
フォーマット　ベイブリッジ・スタジオ
DTP　富宗治
校　正　株式会社鷗来堂
印刷・製本　中央精版印刷株式会社

Tailor Prince's
Mystery Solving
Design book
Couturier
仕立屋王子の
謎解き
デザイン帖
栗栖ひよ子
マイナビ